熱鬧的

BUSTLING LONG HO MALL

朗豪商場

點子出版

IDEA PUBLICATION

熱鬧的
BUSTLING LONG HO MALL
朗豪商場

請確保你的電話有足夠電量
才開始翻閱

關閉

熱鬧的
BUSTLING LONG HO MAL
朗豪南場

星期一手機日記
2013 年 8 月 19 日

關閉

　　是咁的，小弟今天遇上了一件很怪的事情，就是我竟然被困在塱濠商場，到現在都還未能離開！希望快點天亮吧？！

　　先交代一下背景，我住在旺角花園街一幢舊式唐樓，只有深夜的時候才會變得人煙稀少，連 MK 仔們都要趕回家做功課，所以每晚寂寞到夜深的時候我才有機會遛狗，順便做一下深宵浪子。

　　我的狗狗是一隻金毛尋回犬，名字叫做華仔，為甚麼叫華仔？因為每次電視只要有劉德華出現，牠都會很大反應，特別是播《無間道》的時候，牠幾乎想衝進電視裡面。

　　是時候入正題，今天我又如常地凌晨三時多遛狗，但是華仔今天有點奇怪，居然不肯踏出門口，最後要將牠整個抱起帶走。

　　我往常地沿著花園街一直散步到亞皆老街，在這個沒有月光、漆黑如墨的夜晚，不知是否錯覺，我感覺街上比平日更靜，周遭只有我和華仔的腳步聲，兩旁的舊樓像是兩面巨牆，給人一種陰鬱的壓迫感，而且這段路很長很長，彷彿永遠都走不完似的。

　　現在回想起，當時街上一個人都沒有，正是一連串怪事的開端。

　　然而，走著走著的時候，華仔突然嗚咽一聲，然後便掙脫了狗繩向塱濠商場方向直奔，大驚之下我連忙追了上去，追著追著

SAVE >

便來到塑濠商場 H&N 的門口前，但不見華仔的蹤影。

「奇怪嘞，明明見到華仔跑咗過嚟⋯⋯咦？」轉眼一看，我發現眼前的 H&N 竟然還在營業中，射燈像太陽般耀眼，跟周圍一片漆黑的街道形成強烈對比，猶如一座巍然聳立在大海中心的探射塔，我甚至覺得燈光亮得讓人非常不舒服。

而 H&N 門前的那個人形雕塑，在靜謐的無人之境中更顯詭異，我竟然一時看得出神，忘記了華仔。

半晌之後，我才回過神來，自言自語的道：「冇理由㗎，明明已經凌晨三點幾鐘，點解 H&N 仲開緊門⋯⋯？」

心念忽地一動，突然想到華仔可能跑進了 H&N 裡面！

但又想到 H&N 可能是在大清潔，又或者是有人在拍電影，如果我冒然走進去豈非礙著他們？很難為情呢⋯⋯

唉，但我跟華仔情同手足，沒有理由丟下牠不管。

「唉，死就死啦，扐刀插大髀！」於是我推開了 H&N 大門，戰戰兢兢地走進裡面。

我沿著女裝部緩緩走入去，發覺內部已經關了燈，我一邊走，

一邊喊著華仔的名字，愈深入裡面，燈光便愈薄弱。

這時候，眼角餘光一掃，竟看見其中一個試身室亮著燈，門縫透出的微光晃動，由此得知裡面有人。

我吞了一口口水，嘗試說服自己只是商場職員在換衣服，本來想等她從試身室出來（直覺認為她是女人），然後問她有沒有看過華仔，但另一方面我小毒男性格浮現，萬一我嚇壞她怎麼辦？一個男人在深夜闖進來女裝部，跳進黃河都洗不清，雖然我是來找狗狗的……

正當我躊躇不定之際，我最期待的聲音終於出現了。

「汪汪汪、汪汪汪！」一道犬吠聲從商場大堂方向傳來，似乎連試身室裡面的人都有所觸動，輕輕「咦」了一聲，但我沒有空閒時間去理會她，立即循著聲音方向走去，穿過 H&N 來到商場大堂。

日記打到這裡，手機顯示時間是早上六時多，奇怪，為甚麼天還未開始亮？

那時我來到商場大堂，H&N 門口的光線已經透不過來，四周圍黑得伸手不見五指，幸好我有帶手機，於是便把我的 Sorry Xperica S 拿出來充當手電筒照明之用。

SAVE ›

「華仔──」然而，當時我內心很是很忐忑不安，不知道會照到甚麼東西出來，所以我一直都只是照著地面，不敢照向四周圍的店舖。

「*汪汪汪──*」就在那個時候，華仔的吠叫聲再次傳來，但聲音竟然變得更遠，我心想華仔一定把塱濠商場當成遊樂場，四處亂跑。

「華仔，Come！」我向著聲音方向走去，漸漸的，光線範圍出現了一個化妝專櫃，還看見上方有一個寫著「PRETTY AVE-NUE」的牌匾。

「唔通華仔走咗入去？」我喃喃自語。
「華仔？你係咪喺裡面呀？」
「……華仔？你係咪喺裡面呀？」
「……華仔？你係咪喺裡面呀？」

　　喊聲頗為響亮，回音縈繞不散，只是沒有得到任何回答。

「……」我深深呼吸了一下，硬著頭皮順著那空蕩蕩的通道走進去。

　　此時，商場廣播聲音便在我耳邊響起：「貴客陳海藍先生，好歡迎你蒞臨塱濠商場。」

BUSTLING LONG HO MALL
執鬧的 塱濠商場

那是一道甜美的少女聲音，她繼續說道：「你隻狗狗喺通天廣場等緊你。」

廣播說到這裡就結束，四周圍又回復了寂靜。

為甚麼她會知道我的名字？這是我當時第一個反應。

不過我很快便將疑問拋到一邊，最重要是找回華仔，於是我轉身離開了 PRETTY AVENUE，然後沿著長電梯一步一步踏上去，到達後，只見整個通天廣場除了深深的黑暗之外，甚麼都看不到。

我感覺自己像是被黑暗吞噬，身體開始微微顫抖，但是華仔就在這裡，於是我把頭一甩，強自鎮定心神，然後慢慢向美食廣場方向行過去，才走出幾步，感覺到腳底好像踩到甚麼東西，手機電筒照射過去，頓時一顆心懸了起來。

那是華仔的狗帶……！而且所有扣都給扯破，我很快便意識到，華仔很可能遇上了危險！

我慌張得拿著手機到處亂照，照出味干拉麵門口一塊餐單立牌，不知為甚麼，當時很想看看上面寫著甚麼。

然後我發現餐單的第一道菜寫著：「華仔」

SAVE >

我立即嚇得魂都沒了，臉色變得慘白。

「屌，係咪玩嘢？我報、報警！」我用劇烈顫抖的手撥下 999，我當時深信現場的證據足以證明我的狗狗遇上危險，護犬心切，沒有猶豫之下便做了「報警撚」。

可是，我如同恐怖片男主角一樣，我的手機沒有訊號，連緊急電話都不能撥出，我立即罵了出來，加上一直將手機充當手電筒之用，當時手機電量只餘下 40%。

眼見報警不成，我只好靠自己，隨即走到味干拉麵的鐵閘前，伸出手猛拍。

「開門呀！我唔理你係邊個，但我知道你喺裡面！」拍了大概十下，沒有回答，四周還是一片死寂。

「哈！佢一定係驚咗我啲霸氣，唔敢出嚟見我！」我當時心想。

「精精地就放返華⋯⋯」

「噗──」後方忽然傳來木牌翻倒的聲音，打斷了我的說話。

我轉頭一看，發現原來是餐廳門口那塊餐單立牌倒在地上。

　　我不以為意，然後重新轉回頭，眼前赫然多了一張人臉，跟我四目對視。

　　看清楚原來是味千拉麵 Logo 小妹妹的等身大模型，她突然就憑空出現在我面前。

　　然而，我已經看穿了那個人的小把戲，我跟自己説，我不會再害怕，接著，我慢慢退後，然後一百八十度轉身，再使盡吃奶的力以保特速度跑回通天廣場！

　　趁著記憶猶新，我把一切怪事記錄下來，打到這裡手機電量只餘 10%，時間已經早上七時多但外面還未天亮，天空漆黑得像墨水，附近亦一直沒有保安經過……

　　我視線突然變得很模糊，好，暈、好想、一、、睡、、、不起……

　　（由於手機剩餘電量嚴重不足，系統將自動儲存您的日記內容）

附件：手機日記相片 (229KB)

日記結束時間：2013 年 8 月 19 日　星期一　07:21

（傻的嗎，剛才沒來由的暈了過去，現在繼續寫日記。）

　　醒來的時候，我發現自己躺在客服中心旁邊的地上，手機連接著一條充電線，而且多了一條未發出的訊息：

「我幫你充好電了，切勿讓手機關上，危險。Jan」

　　看著手機滿電的圖示，不知為何我亦感到精神充沛。

　　當時手機顯示為早上十一時正，即代表我昏迷了三個多小時。

　　我舉目四望，卻只見四處漆黑一片，靜得出現耳鳴。

「點解成十一時都未開燈？啲舖頭唔使開門做生意？」我眉頭緊皺，完全搞不清楚到底發生甚麼一回事，而且當我昏迷的時候，有一個叫做 Jan 的女子幫我的電話充好了電，又留下了訊息提醒我不要讓手機關上。

　　難道她和我有相同遭遇？或者，她就是擄走華仔的人？我不禁嘆了口氣，華仔又老又皺皮，還長得一臉傻氣，真不知道貪圖牠甚麼……

　　雖是如此，牠對我來說卻是無可取替的，我隨即拿走了客服中心的鐵製長電筒，打算先離開塱濠商場再報警。

SAVE >

　　沿途經過通天廣場的展覽區，光線所到之處有幾塊展覽板，展出不少攝影作品。

　　「唔通我記錯？明明我記得呢度之前冇展覽⋯⋯」我自言自語的道，接著便走上其中一塊展覽板前，上面的標題寫著「只有自己」，下方是通天廣場的俯視圖，我當時覺得相片沒甚麼特別，隨即離開，但走了幾步之後又折返回去。

　　仔細一看，原來那不是站在較高樓層拍的照片，而是完全垂直於地面、處於通天廣場正上方高空拍下的俯視照，完全就是像建築圖則一樣的 FloorPlan。

　　我走向其他展覽板，發現這裡總共有四塊展覽板，第二塊展覽板的標題是「顏色」，照片上有三隻拿著手機的手，手機屏幕分別透著紅色、藍色、黃色的光線；第三塊展覽板的標題是「正與負」，照片是一個扭曲的太極符號；最後一塊展覽板則寫著「生命」，照片裡有一堆黑白屏幕手機。

　　我心想這可能是線索，或許報警時有需要用到，因此用手機拍下了那四張照片，接著便離開了通天廣場，沿著長電梯往下走。

　　我握著手電筒把一束強光照向大堂的砵蘭街出口，卻發現所有玻璃門都被巨大的鐵鏈鎖住，而且早上十一時，外面的街道一個人都沒有。

「究竟係邊個困住我？同埋……點解個天一直都未光？」我隨即轉身往 H&N 走去，經過女裝部的時候已經不見試身室有人，不知道那個人去哪了。

我不加理會，然後徑直走到門口處，只見門外的射燈依然開著，但感覺好像不及之前般耀眼。

赫然發現原來是一大堆模特兒公仔堵塞住門口，它們的臉全都朝向我，大門亦被多重鐵鏈鎖住。

「大門鎖住咗，出唔到去喇──」一道柔聲細氣的少女聲音忽然從背後傳來，還沒反應過來，身後又再傳來一個聲音：「*汪汪！*」

「?!」我心頭猛的一跳。

我慢慢轉向聲音方向，只見一個熟悉的身影正撲向我！

「華仔！」我心中實在是歡喜之極，忍不住叫了出來，然後將華仔緊緊的抱進懷裡，如釋重負的鬆一口氣。

縱然身處風雷雨，堅信朝陽必再遇──跟華仔的重逢大大地燃亮我意志，鼓起我勇氣！

除了華仔，當時還有一個少女站在我面前，應該就是剛才說

SAVE >

話的人。

　　只見她身穿藍色旗袍校服，外面披著一件長袖冷衫；白皙的肌膚隱隱透著淡淡的粉紅，鵝蛋臉上鑲嵌著一對烏黑明亮的大眼睛，盈盈眼波像是在流動一般；纖巧的鼻下方是兩片像是淡紅花瓣的薄唇，彷彿永遠都帶著一絲笑意；她的存在，跟小王子眼中的玫瑰一樣美麗、獨特。

　　我一時間忍不住心意動搖，過了很久才冷靜下來，終於開口問她：「你係⋯⋯？」

「我叫 Sara 呀，原來佢個名係華仔呀？」
「係呀⋯⋯我叫 Blue，點解你會喺度嘅？」

「我醒咗就發現自己喺呢度喇，嘻嘻，Blue 呢個名好特別，你中文名都有個藍字㗎？」Sara 的聲音嬌嫩而甜美，迥非尋常女聲可比，如今被她這麼含笑一問，心跳重新快了起來，連正常說話也變得困難。

「係、係呀，我全、全名叫陳海藍，寓意⋯⋯咳⋯⋯時刻保持冷靜同睿智⋯⋯」
「原來有咁嘅意思⋯⋯」Sara 微笑著說。

「係、係呢⋯⋯你有冇見到其他人？」

「冇啊，我第一眼見到嘅人就係你，我諗係命中注定，嘻嘻。」

我心中一動，只覺得她的眼波柔得像水一樣，但隨即想到這些機會不是屬於我的，如果不是一起被困在這裡，此時此刻她一定在男朋友家裡翻雲覆雨，絕不會跟我這個毒撚聊天。

我要保持冷靜，不能被她的甜言蜜語沖昏頭腦……

話雖如此，她實在太過吸引，甚麼千年一遇的美女在她面前只是戰鬥力只有五的嘍囉，尤其是在這個封閉的空間，簡直就是叫天不應，叫地不聞，哈哈哈哈哈哈哈哈！

FF 完之後，我開口說話：「除咗你之外呢度應該仲有其他人，我諗我哋要搵佢出嚟，多個人商量下點離開都好。」

「唔得——」Sara 的眼中忽然閃過一道寒意，但轉眼就消散不見。

正當我錯愕之際，她連忙又說：「我唔想接觸其他人，我、我怕……」

我隨即笑了出來，問她：「你唔驚我咩？哈哈——」

「養小動物嘅人唔會壞得去邊，你對華仔咁著緊，我就知道你一定係好人！」華仔聞言立即擺著尾巴，朝 Sara 汪汪的叫了兩聲。

SAVE >

「嘻嘻，華仔，你知道我講緊你呀？」Sara 笑著問牠。

「*汪汪汪！*」華仔更加用力地擺動尾巴。

「哈哈，咁我哋唔搵佢出嚟住，但佢曾經留言提醒我唔好畀手機熄機，你有冇收到佢嘅留言？」

「係？冇呀……冇任何人接觸過我。」

「喺呢個封閉嘅空間裡面，手機應該係一件好重要嘅物品，最好確保手機有足夠電量。」

「嗯……我會留意㗎喇。」

「雖然我唔多相信怪力亂神，但呢度發生嘅一切實在太過奇怪，除咗同外面世界隔絕之外，最奇怪係個天……竟然一直都未天光。」

「嗯……我原本都好驚，但而家有你喺度我就唔驚喇——」

聽她這樣說，我頓時臉紅起來，只得馬上轉話題：「呃……咳咳……係呢你手機仲剩返幾多電？」

她接著拿出一部挨瘋手機，看了一眼然後說：「仲有 46%。」

「安全起見，不如我帶你去客服中心叉滿佢先？」

「好呀。」

「嗯、嗯，咁我哋行啦——」

（PS：日記打到這裡，時間已經是晚上十一時，然而我們仍未跟外面取得聯絡。）

當時的時間是中午十二點，在客服中心充電期間我們閒聊著，得知她原來是真光女書院的學生，準備升上中六，因為學校有補課所以暑假都要回校，下課後來到這裡購買文具，突然就失去了意識，醒來的時候附近已經不見有人。

而我？因為當年考 A-Level 時我每天只顧著打《魔獸世界》，現在只能混到一個副學士學位，唸的還要是 Engineering，過著單調乏味的和尚寺生活。

唉，離題了。

充完電後，我們又重新回到美食廣場，而且還借了客服中心的長電筒，但老實說我還是很害怕，但在 Sara 面前一定要死撐到底，不能讓她知道我是膽小的毒撚！

「呢度啲餐廳全部都閂晒門……」Sara 忽然說道。

正想說些甚麼的時候，忽然聽見 Sara 的肚子發出咕咕的聲音。

「唔、唔好意思……」她滿臉通紅，尷尬地伸手掩住肚子。

「不如我哋去搵嘢食？困咗喺度半日，我都好肚餓。」我馬上打圓場説。

「但係呢度邊度有嘢食？」Sara 問道。

借助著手電筒的光線，看見附近餐廳都拉下了鐵閘，我沉默了一會，才説：「反正都冇人，我哋可以爆開個鎖入去裡面。」

「但咁樣會唔會得罪『佢哋』？」Sara 的眉頭輕皺著。
「咁……」

我一時無言以對，她隨即輕拉住我的衣角，説：「你唔好誤會——我唔係怕你連累我，我只係擔心你嘅安全。」

Sara 貝齒輕輕咬著下唇，水汪汪的大眼睛彷彿帶著一絲委屈，使我忍不住心頭一跳，忙道：「我冇咁樣諗你！我只係諗返起噚晚喺度大吵大鬧嗰陣，的確係得罪咗『佢哋』。」

聽到我這樣説，她眼中的焦慮慢慢消失，像是有甚麼壓力突然解脱一般，然後説：「你不如試下用正面啲嘅方法？」

「正面啲……例如同個商場『對話』？」

我説完之後才發覺這話説得很蠢，但她竟然表示贊同，説：

「係喎！試下啦試下啦！」

「汪汪！」華仔竟然也和應著。

「……」我頓時啞口無言。

　　怎樣對話？像是玩電腦 RPG 遊戲般走上前按 E 鍵？還是用手指按著太陽穴，擺出曹宏威的姿勢用念力跟商場溝通？

　　我愣在原地，想來想去都沒有行動，然而 Sara 一直站在旁邊，耐心的等候著我，為了不辜負她的期望，我只好進入中二病模式，左手放在後腦，右手伸出攤開掌心朝著味干拉麵的鐵閘，硬著頭皮說：「隱藏著星之力量嘅鎖匙，係我面前顯示你真正嘅力量，契約之下，我陳海藍命令你立即一解一除一封一印！」

「……」

「……」

「……」

　　理所當然地，「商場」沒有回答我的請求。

　　四周圍瞬間陷入死一般的寂靜。我恨不得馬上挖個洞出來把頭鑽進裡面去。

「哈——哈……係咪太低能……」我尷尬地說。

SAVE >

　　她搖了搖頭，一臉認真地說：「一啲都唔低能，我哋可以再試下其他嘅……」

　　她話還未說完，味干拉麵的方向突然傳來隆隆的聲響，一眼望去，卻是捲閘緩緩升起。手電筒光線照射過去，裡面卻是飄蕩著裊裊繞繞的霧氣，如輕紗般飄過來，猶如身處太虛仙境的入口。

　　隨著霧漸漸散去，裡面的東西慢慢映入眼簾。

「嗰啲係……拉麵？」Sara 詫異地問道。

「……」我一時怔住，沒有回答，只見一桌冒著蒸氣的拉麵出現在我們眼前，聞到那豚骨湯的濃郁香味之後，肚子就更加餓了。

「*汪汪！*」華仔聞到那香味也叫了出來。
「我哋成功咗！『商場』真係可以同我哋交流──」Sara 喜道。

「但我越嚟越搞唔清楚呢度係咩一回事……啲拉麵竟然好似施咗魔法咁出現喺我哋面前……」我說。

「咁我哋仲食唔食好？我怕有危險……」Sara 憂道。
「食，不過我做白老鼠試食咗先。」
「吓……不如算啦，我哋去搵下有冇其他食物……」

「就算搵到其他食物都唔保證安全，都唔知仲會被困幾耐，毒死都好過餓死……」話是這樣說，但內心其實都怕得要命，那些食物突然冒了出來，還要香氣四溢，這場景分明就是彭氏兄弟的糖果屋，啊不對，是格林兄弟的糖果屋才對。

不過，死就死吧，我直覺認為「它」不會讓我這麼快便死去，然後不等她回應，我便搶步走到那桌拉麵前，她隨即追上來想阻止我，但我立即斜身避過她伸來的手，迅速拿起筷子夾起拉麵送進口裡。

……

好－好－味－呀！！！（薛家燕式滾動）

精心熬製的豚骨湯頭非常濃郁，但竟然能保持順口不膩，配上充滿勁道的麵條，嚼著嚼著還能嚐出湯頭裡的層次鮮美，如果可以的話，我要吃十碗！！！

「嗦——」耳邊忽然傳來一聲細微的聲響，轉頭看去卻是 Sara 夾了一筷海鮮拉麵麵條，送進了嘴裡去。

我不由得大驚，捉住她的手說：「喂——你做咩呀？！咪話咗我做白老鼠試食囉——」

「你自己想偷食咋嘛，你估我唔知呀？我係唔會畀你奸計得逞

喋！」Sara 氣呼呼地撅起小嘴，連眉頭都皺得緊緊的，只是那眼波如水，彷彿連輕怒也變成動人心魄的美麗。

　　然後發現自己一直捉住她那纖纖玉手，立即便放開了她，急道：「今、今次就算啦，下次唔好再咁做。」

　　可幸的是食物安全無毒，否則我就不能寫下日記。然後過了三十分鐘，我吃了兩大碗拉麵，她則吃了五碗。

　　是的，你沒有看錯，我也沒有打錯，是五碗。

「嘩……你咁大食嘅？」我驚訝道。
「你唔鍾意女仔食咁多嘢？」Sara 微微低下了頭，蔥白修長的手指繞著頭髮不停打圈。

「唔係……我只係好奇點解你食咁多嘢都咁瘦……」我笑道。
「嘻嘻，我應該係食極都唔肥嘅體質。」她喜滋滋地道。
「真係羨慕……」說完之後，我將一大碗肉遞了給華仔。

　　看著華仔狼吞虎嚥的樣子，我嘴角露出了微笑，就在這個時候，一直為我們照明的手電筒快要沒電了，光線已經不及之前般光亮。

「不如走咯，用住我手機嘅電筒先，再搵下附近有冇電池。」

Sara 亦察覺到長電筒沒電，於是點著頭說：「好呀，華仔，我哋走喇。」

「*汪汪汪！*」華仔似乎聽得懂 Sara 的說話，急忙將碗裡最後一塊肉吞進肚子裡去。

隨後我們離開了美食廣場，沿著電梯走到上一層 L5，走了一圈，發現這層所有商店，包括 UniCloth 和猿人頭都鎖上了門，因此我們再上一層，來到 L6。

來到 L6 之後，我們發現 LOG-OUT 的閘沒有拉下，然後便輕手輕腳的走了進去。

黑暗裡，手電筒光線掃了過去，然後，在光亮處出現一排排上下倒轉的貨架，還有散落一地的貨品。

我當即噤若寒蟬，Sara 亦是倒吸一口涼氣。

「呢度有啲古怪……」我吶吶地說。
「咁不如離開呢度？」她建議說。
「但呢度應該會有電池……」
「你決定吖，唔使顧慮我。」
「咁我哋繼續探索呢度，但遇到危險就即刻走？」
「好。」

SAVE >

然後我們便邁步向裡面走去，途中經過擺放賀卡的貨架，但因為貨架上下倒轉了，賀卡全都瀉了在地上，我把手機電筒往地上照去，無意中察覺到賀卡裡面寫著字。

　　我俯身拾起其中一張，那是一張生日賀卡，封面有三隻相擁的北極熊在開派對，氣氛很是歡樂，Sara 的目光也落在這上面，我接著便翻開那張生日賀卡，看見裡面寫著一行秀麗的文字。

「生日快樂　今天是你的生日　希望你跟他過得愉快

　　　　　　　　　　　　　　　　　　Red 上」

　　我再拿起第二張賀卡，這次是聖誕賀卡：
「他就是我的聖　我因著他的旨意而存在

　　　　　　　　　　　　　　　　　　Red 上」

　　情人節賀卡：
「他也是我的情人　我的屬於他的

　　　　　　　　　　　　　　　　　　Red 上」

　　接著還有日本富士山的明信片：
「富士山真美　希望可以跟你一起遊覽　但願

　　　　　　　　　　　　　　　　　　Red 上」

　　我另外還找到很多內容差不多的卡片，全都是同一個人寫的，

內容已經不太記得，上面這幾個印象最深刻。

「邊個係 Red？」我下意識的問道。

「應該係個女仔㗎？」Sara 歪著頭説。

「女仔⋯⋯？」

「係呀，啲字似係女仔字跡。」

「如果佢係女仔嘅話，咁佢寫緊界邊個？」

這時候，Sara 的目光向我看來，臉畔現出了兩個淺淺酒窩，説：「你囉。」

「我⋯⋯？」我不禁愣住。

「你個名叫 Blue，佢叫 Red，仲唔係寫界你？嘻嘻。」Sara 笑顏如花，彷彿展露出世間最美的笑容，我的腦海卻突然閃過一個影像，一瞬即逝，想不清楚是甚麼。

我努力地回想起這一日所經歷的事情，一直倒帶、回放、倒帶、回放⋯⋯一時陷入了沉思之中，忽略了外界所有聲音。

「Red⋯⋯Blue⋯⋯Red⋯⋯」我喃喃低語。

「Blue？你有事嘛？」Sara 緊張的呼喊著我。

「⋯⋯」我只顧著回想已經逝去的影像，沒有回答。

「Blue——你唔好嚇我呀！」Sara 輕輕搖動我的雙肩，試圖將我

SAVE >

喚醒。

　　經她這樣一搖，我猛然醒悟過來，說：「我記返起喇！我頭先喺展覽區見過一張相，裡面有三種顏色，包括紅色同藍色，即係 Red 同 Blue！」

　　我還想起一張標題為「生命」的相片，相片上有很多黑白屏幕的手機，應該在暗示「手機電量＝生命」。

　　這個商場看似荒謬，但其實一椅一桌、一事一物都遵從著線索來走，千絲萬縷緊密相連形成一個巨大的謎題，雖然一時之間未能解開，但我相信只要抽絲剝繭地找出線索，再慢慢拼合成一個完整拼圖，最終一定能知道這裡的真相。

「相？」Sara 停了動作，露出不解的表情。

「我用手機影低咗，而家即刻畀你睇。」然後我便打開那張名為「顏色」的照片，再把手機遞給她看。

附件：手機日記相片 (229KB)

　　Sara 看完以後，倒是不太驚訝，只淡淡地道：「藍色、紅色、黃色……如果藍色代表 Blue 你，而紅色代表 Red 嘅話，咁仲有黃色呢？」

「可能係你，又或者係 Jan？亦有可能……」
「邊個係 Jan？」她忽然打斷了我的話。

　　我突然間感覺到一陣寒意，全身竟有種毛骨悚然的異樣感覺。

「Jan 就係呢度嘅第三個人……佢曾經救過我……好似係……」

「哦，係呀？」她語氣很淡，就像在跟空氣說話一樣，語氣沒有任何情緒起伏。

SAVE >

「你好似⋯⋯有啲在意 Jan 呢個人？」

「唔係呀。」

　　然後我們兩個人都沉默下來，過了半晌，我才説：「咁⋯⋯我哋繼續去搵電池？」

「好！」低頭看去，只見 Sara 的臉上重新露出了笑容，空氣中的寒意亦慢慢的退去，彷彿剛剛的異樣氣氛只是錯覺。

「你手機啲電剩返幾多？使唔使返去叉電？」Sara 忽然開口問道。

「睇下先⋯⋯仲有 55%，應該冇問題。」

「不如用我部手機照住先？」

「嗯⋯⋯暫時唔需要住，有需要先話你知。」

「好。」

　　我們繼續向裡面走去，在最深處的角落果然看見地上滿是電池，各種大小都有，卻像是被人惡意破壞般，全都漏出電解液體。之後一直找不到正常的電池，但狗帶倒是找到一條，沒多想就套了在華仔的脖子上，免得牠再次跟我走失。

（日記打到這裡有點口渴，等等，拿一罐可樂來喝。）

好，繼續。離開了 LOG-OUT 之後，我們又上了一層，來到 L7。用手機電筒光線掃了一遍四周，發現這層不少商舖都沒有拉上大閘，但看樣子不像有人。

我們順著路走去，分別查看了 Niki、牛拉松和 Lumber-land，但這些店裡面只有運動用品，找不到電池。

正想再走上一層的時候，電筒的餘光照到無良印品。

「你估無良會唔會有電池？」我問道。
「我哋入去睇睇？」她提議說。
「好。」

靠著手機電筒發出的亮光，只見無良印品裡面空無一人，但是沒有任何異狀，不像 LOG-OUT 般所有貨架都上下倒轉。但我們沒有鬆懈，鞋子摩擦地板時發出的嘶嘶聲在一片寂靜之下顯得格外清晰。

「嗚嗚……」華仔忽然發出哀鳴聲，我立即拿著手機往四周圍照了一遍，但甚麼都沒有發現。

「華仔，做咩呀？」我低頭問牠。
「嗚嗚……」牠開始拽動狗帶想離開這裡，我立即拉緊繩子不讓牠跑走。

SAVE >

「華仔佢做咩呀？」Sara 的面容上隱有幾分憂色。

「佢好似唔想留喺度咁。」我無奈的回答。

「咁不如我哋返出去？」

「唯有係咁⋯⋯」

離開了無良印品之後，我無意中轉頭看了一眼，卻不小心開啟了手機的相機功能，畫面內卻是一個血淋淋的無良印品。

「哇！！！」我忍不住叫了出來，Sara 湊到跟前，也是嚇得啞了聲音。

濃濃的血腥味道，慢慢地飄進我的鼻孔裡面。「嘩——」手機突然發出一聲提示音，令本來就十分緊張的氣氛，突然間猶如僵硬了似的。

「電量不足，你裝置的電池電量還剩 15%，請將裝置連接至充電器。」

Sara 一瞬間嚇得花容失色，顫聲道：「你手機冇電喇！」

看見她比我還要慌張，忍不住笑了出來，說：「唔緊要，呢度離客服中心好近——」

「咁我哋快啲返去叉電啦！」不等我的回應，她便挽著我的手臂

撒腿就跑，只覺得身邊傳來淡淡幽香。

　　加上平生第一次被女孩子這樣挽著走，心跳不由自主的加速，但隨即又想到這或許只是她過於緊張的舉動，於是便不再胡思亂想。

　　走下幾條電梯，不用多久我們便跑到通天廣場，經過展覽區的時候，發現剛才的攝影展覽板已經消失不見，只剩下一塊底面翻轉的畫。

　　我皺起眉頭，向氣喘吁吁的 Sara 示意停一停，隨即慢慢鬆開她的手，走上前將畫翻過來。

附件：手機日記相片 (785KB)

　　我愕然怔住，一時說不出話來，根據之前的推測，這商場所有事物都跟著線索來走，眼見這幅畫這麼讓人不安，還說甚麼憎恨已經萌生，我有預感會發生很不好的事情。

「啊──！」忽然間，一道失聲尖叫，是從上方樓層傳來。

　　而且，那是年輕女性的叫聲！

「Blue，去叉電先啦──」Sara 滿臉焦急的說。
「但我想去睇下咩事。」
「但係……但係你手機就快冇電！」

「咁借你部手機畀我，然後你就返去幫我部手機叉電，我好快返㗎！」說罷我便跟 Sara 交換了手機，轉身就跑。

　　大概跑出十多步的時候，我突然感覺到撕心裂肺的心絞痛，劇痛難忍，腳下一軟，連求救聲也發不出來，只能絕望地倒在電梯前，彷彿要到另一個世界了。

「……」
「……」
「……」
「Blue！」
「Blue 你有冇事呀？！」

　　意識模糊之際，我隱約聽到 Sara 向我這裡跑來，隨著她的腳步聲愈來愈接近，我的心絞痛竟然開始消失，意識也恢復正常。

「我冇事⋯⋯」我緩緩站了起來，只見一臉受驚的 Sara 拿著我的 Sorry Xperica S，當即恍然大悟。

「我諗手機一定要跟身，唔係嘅話就會出事⋯⋯」
「*汪汪！*」華仔忽然跑上了電梯，轉眼間就淹沒於黑暗之中。

「華仔！」
「等埋我呀 Blue！」

　　我們兩個人追了上去，電梯就像揚聲器般擴大了我們急促的腳步聲，每走一步，腳下便發出轟隆的聲響，跟我們劇烈的心跳聲音相互呼應。

「啪！」
「啪！」
「啪！」

　　我上方的電梯階級忽地傳來三下拍打聲，震動還傳到我們的腳底。

　　我把光線往上移，發現上一級梯級出現了三個血手印。Sara

SAVE >

立刻緊緊抓著我的衣服，我則暗裡罵了幾句髒話，然後當作沒看見，繼續往上走。

來到上層（L5）之後，手機射出的光線首先照到華仔，只見牠把頭壓得很低，喉嚨間發出低沉的哮聲，充滿警戒的眼神看著我們的左手邊。

「唉……」我不禁嘆了口氣。

我當時肯定左手邊有「東西」，最壞的情況是會把我嚇至「瀨屎」。

（PS：Sara 肯定不會，因為「靚女唔屙屎」，更何況是更深層次的「瀨屎」？）

陳海藍……我警告你……不能在 Sara 面前「瀨屎」……我調整了一下呼吸，不情願地將手機移到左手邊。

隨住光線慢慢的往左移，我屏息靜氣，拿著挨瘋的手開始冒汗，為了不讓手機滑落，我握得更加用力，手都開始顫抖起來。

我們兩人加上一隻狗，三對眼睛一起盯往照亮了的地方。

JUNEBELLINE，一張洋妞海報、化妝品。

gEE，一排排矮貨架、糖果機。

italic(menswear)，櫥窗、男女模特兒公仔。

ab+b，女模特兒公仔。

牆、燈、垃圾筒。

突然，一陣惡寒竄上脊骨。

「頭先間 italic 唔係賣男裝㗎咩？點解會見到女裝模特兒公仔？」我心想，然後便將光線倒方向照回去。

垃圾筒、燈、牆。

女模特兒公仔，ab+b。

男女模特兒公仔、櫥窗、italic (menswear)──我渾身開始顫抖，晃著光線照去男女模特兒公仔那處。

第一個男裝模特兒公仔身穿卡其色中袖衫和灰色布褲；

第二個男裝模特兒公仔身穿黑色簡約西裝外套和黑色布褲；

第三個女裝模特兒公仔身穿白色蕾絲拼接網紗連衣裙；

第四個女裝模特兒公仔身穿白色蕾絲拼接網紗連衣裙；

第五個女裝模特兒公仔身穿白色蕾絲拼接網紗連衣裙。

詭異之處是，那些女裝不是由模特兒公仔穿著，而是由真正的「人」穿著。

附件：手機日記相片 (117KB)

　　　大腦的危險感知細胞強烈命令我的身體離開這裡，但雙腿卻像灌了鉛般抬不起來。

「過來同我哋一齊玩吖，永遠，直到永遠喔。」三個「模特兒」齊聲朗讀出以上句子，就連嘴唇動作、聲線和語調都完全同步，融合三道人聲為一道詭異的小女孩聲音。

「清、請問你哋係咪都係困住咗喺泥、呢度？」我已經害怕得語無倫次。

「過來同我哋一齊玩吖，永遠，直到永遠喔。」她們「重播」著。

「Blue、睇、睇下嗰，面瞓、人，瞓。」Sara 俏臉被嚇至毫無血色，顫巍巍指著 italic 的方向，連一句完整句子都説不出來。

當時雖然不明白她在説甚麼，但把光線順著她指的方向射去，發現三胞胎的前方不遠處躺著一個昏迷的女性，連手機也落了在地上。

(PS：事後我將那三個模特兒命名做「三胞胎」。)

「過來同我哋一齊玩吖，永遠，直到永遠喔。」三胞胎向著我們跳了一步，動作完全一致。

「噗──」三胞胎再跳一步，下一步便會踩上那個昏迷女子！

「啊！！！」腎上腺素水平飆升，不顧危險的我衝了出去，拾起了她的手機，再拉著她的手將她拖開！

一切彷似在萬分之一秒的喘息之間！

「噗。」那三胞胎正好落在她原本躺著的地方，又説：「過來同我哋一齊玩吖，永遠，直到永遠喔。」

該死的三胞胎仍然窮追不捨，幹！幹！幹！

我當機立斷把她整個人扛上肩膀，再轉頭大聲喊道：「華仔COME !!!」華仔聽見後，身體頓時如一支箭般跑來，然後我便牽起 Sara 的手，肩上扛著那個來歷不明的女人衝下電梯。

手機插在衣服胸袋口裡，發出搖晃不定的光線為我們照明，轉眼間已經跑到味千拉麵附近，熟悉的景象勾起我剛才在這裡施「神蹟」的回憶。

「Sara，你帶住華仔同個女仔走先。」話畢，我將那個女子從肩膀上卸下，感覺她的身材很修長苗條，一頭過肩的烏黑長髮遮蓋住她的面容，個子比她矮半個頭的 Sara 扶得有點吃力。

「Blue，你唔走？」

見 Sara 焦急擔憂地看著自己，當下強笑了一聲，說：「我想試下擋住三胞胎。」

「我唔會畀你做埋啲咁危險嘅事，要走就一齊走！」
「Sara，你信唔信我？」
「我……我當然信你，但係……」
「信就得啦，你哋快啲過去通天廣場嗰邊，我一陣就過嚟。」
「Blue……」
「快啲！」
「……」

Sara 沉默了片刻，卻搖頭道：「我唔走。」

她這一聲，雖然語調平淡，但卻沒有絲毫的猶豫，更不留半分回頭的餘地。我身子似是震了一下，然後，看向身旁的那個女子。深深凝望，不曾言語。

彷彿她是那一刻，黑暗裡唯一的色彩！就在那個時候，三胞胎重新出現在光線照射範圍。

「噗──」她們的腳步聲竟然沒有隨著電梯梯級而變大，就像落在軟地毯上一般。

「噗──」三胞胎平排地站在同一個電梯階上。

「過來同我哋一齊玩吖，永遠，直到永遠喔。」生死當前，Sara 迎上我的目光，默默點頭，明眸倒映著光芒。

我深深呼吸，隨即閉起雙眼，拋開心中所有雜念。從材質到細節，細節到外觀，我在腦裡面想象出一個物件，鉅細無遺，深深地將影像鏤刻在腦海之中。

然後，右手掌心朝向三胞胎，驚呼而出：「哈！！！」

隨著一聲轟隆巨響，下一刻，我便失去了意識。

SAVE >

　　當我醒來的時候，時間已經過了半個小時。

　　然而睜開眼睛卻跟閉上眼睛沒有分別，因為周遭漆黑一片，甚麼都看不見，只感覺到腦袋枕在一個暖烘烘、軟綿綿的枕頭上。

　　「Blue，你醒嘞？」上方忽地出現一道微弱光線，一張上下倒轉的臉蛋赫然的映入眼簾。

　　「嘩！！！」我嚇得彈了起來，連爬帶滾地退得遠遠。

　　只見在那黑暗裡，一個熟悉的身影跪坐在地上，手機屏幕發出的微光映照出她的錯愕表情，明顯是被我的神經質行為嚇到。

　　那人不是 Sara 又是誰？

　　看見她那跪坐姿勢，我才知道剛才腦袋枕著的是她的大腿，作為毒撚的我，情不自禁地心跳加快起來，連忙定了定心神，乾咳兩聲，說：「呃……我、我瞓著咗？」

　　「係呀，你唔記得咗頭先發生嘅事？」
　　「頭先……？」
　　「嗰三個模、模特兒……」
　　「模特兒？」我臉色一沉，一幕幕場景在我腦海中浮現出來。

Italic、電梯、味干拉麵……三胞胎！

我猝然驚醒過來，當即站了起來，高度凝神戒備著四周圍附近，喊道：「三胞胎呢！」

Sara 抬頭看著我，臉上有著幾分訝異，說：「佢哋已經有追㗎……你完全唔記得啱啱嘅事？」

「我淨係記得自己試圖阻擋三胞胎。」

「係，你好勇敢，最後成功救咗我哋。」Sara 如水一般的目光落在了我的臉上，在那一個瞬間，我彷彿感覺到無形溫柔的手在輕撫自己的臉龐。

「你用『力量』將味干拉麵同複雜廚房啲枱凳從舖頭裡面拉晒出嚟，再築成一面厚牆，隔開咗美食廣場同通天廣場，然後你就暈低咗……」她繼續說。

得知我剛才這麼厲害，不禁心裡暗自竊喜，但嘴上卻說：「好似《X-Men》嘅磁力王咁？」

「磁力王？我睇你比較似念力系小精靈，叫兩聲傻鴨嚟聽吓？叫得好嘅話就免你用撞擊絕招撞牆嘅懲罰。」彷彿魔鬼將其冷言冷語包裝成一道如銀鈴般悅耳的女聲，如聞仙樂，但美麗的外表底

下卻是一把刻著「語言暴力」的利刃！

「邊個！邊個喺度搭嗲？!」正當我想這樣問之際，眼前突然出現一道極之刺眼的光芒！

「哇我要上天堂嘩？!!!」由於瞳孔長期處於黑暗的環境之下，我對光線已經變得極其敏感，突如其來的強光使我雙眼不能睜開，而且非常刺痛，淚流不止。

「今次又搞咩花臣？你班仆街界我哋下得唔得呀？!」我緊閉著眼睛說。

「真係一個冇禮貌嘅廢青。」就在眼睛漸漸適應強光後，我瞇著眼睛辨別著四周圍環境，熟悉的事物慢慢地出現在我眼前。

華仔、Sara、客服中心。

只見客服中心就像火壇一樣，桌上放著十幾盞檯燈，形成一個浩大的光團，照亮了四分之一個通天廣場。

從被困開始，通天廣場從未如此的明亮，甚至望見遠遠的single-park。

客服中心旁，一個窈窕的身影忽然出現，白衣如雪，在耀眼

光芒中沒有絲毫的塵世之氣。目光清澈如水,卻又似帶著幾分嘲諷。

比黑色更黑色的長髮,那是來自黑暗冥界的顏色吧?比白色更白皙的膚色,這女人是由中國白瓷所構成的吧?

雪一般的肌膚,在燈光的清輝之下,甚至讓人覺得她是來自逍遙派的神仙姐姐,即使是小龍女造型的劉亦菲都不能與她相提並論。那脫俗的身影,彷彿在周圍築起了「凡人止步」的高牆,絕不允許常人沾污。

又有誰知道,她的軀殼裡只有高傲和不饒人的毒舌?一個年紀跟我差不多的少女很清晰地出現在我面前。

用「清晰」這個形容詞是有點怪,但經歷了一日一夜的黑暗生活,我只能夠用清晰來形容當時的情況。她的出現就好像舞台上,站在聚焦燈之下的女主角,吸引所有觀眾的注目。

是巧合,還是悉心安排的出場儀式?少女上身穿著純白色的短背心,下身是白色緊身布褲,勾勒出纖細修長的腿部曲線。

這個少女,就是剛才昏迷在 italic 門前的女子。

「唔好望住我。」

SAVE >

少女面無表情，又説：「呢個絕對唔係我悉心安排嘅登場儀式，絕對唔係。」

原來是一個女神……經，我心想，差點以為又有恐怖東西出現。可是一見到她那清麗出塵的氣質，霎時間只覺得全身熱血沸騰，連自己姓甚麼都忘掉，頓時甚麼氣都消了。

直到 Sara 微微帶著嗔怒的聲音響起：「Blue？你做咩眼甘甘咁望住人？」

我這才驚醒過來，低頭看去，只見 Sara 美麗的容貌中帶著些許嗔怒，正恨恨地盯著我來看，隨即緊張起來，連口舌都結巴起來，説：「我、我諗緊佢係咪 Jan 咋嘛……」

「唔好直接叫我個名，我同你低下嘅地位有一百步嘅距離。」她淡淡地説。

啊，明明我們之間只有五步距離。

看樣子，她就是 Jan，這裡的第三個人。

「神仙姐姐您好……我想多謝你好耐……好多謝你噚晚……」
「唔好直接叫我個名，我同你低下嘅地位有十萬步嘅距離。」

Jan 打斷了我充滿誠意的示好，還變本加厲地踐踏我的自尊，就算是神仙姐姐都不能這麼欺人太甚，因此我決定對她作出反擊：「哼，起碼我識用念力擊退靈體。」

「我唔係念力系小精靈，當然唔識用念力。」結果我的反擊有如二戰法國反攻德國般失敗，自尊再次被狠狠地踐踏。

「你……」
「念在你救咗我嘅份上，我唔使你用撞擊絕招撞牆喇，高興嘛傻鴨先生？」
「我中文名叫陳海藍，『陳』係陳海藍個陳，『海』係陳海藍個海，『藍』係陳海藍個藍……」
「我會喺大腦裡面開一個垃圾暫緩區嚟記住你個名，傻鴨。」
「而家連『先生』嘅尊稱都冇埋！！！」
「傻B。」
「……」
「Bitch。」
「我係一個男人嚟。」
「喺我眼中你比女性更加軟弱、無能。」
「你憑咩咁講！」

「憑－我－手－上－嘅－情－報。」話畢，Jan 終於也露出了一絲笑容。

SAVE >

是嘲弄的笑容。

（日記寫到這裡，時間已經是凌晨三時多，其他人已經睡了，只有我一個還醒著。）

儘管如此，我還是勉強擠出了一個笑容，問道：「Jan，請問你介唔介意講我知你手上有咩情報？」

「好介意，除非你叫我做女王。」
「嗚⋯⋯」
「除非你叫我做女王殿下。」
「⋯⋯女王殿下，請問你願意施捨少少情報畀我嘛？」
「好啦，呢度仲有一個人。」

「咩話？！」我吃了一驚，本以為 Jan 不會那麼「順攤」，誰知她竟然一下子就拋出一個重磅炸彈般的情報，殺了我一個措手不及！

「係個男人嚟，比你高出一個頭，而且比你靚仔一萬倍。」我再次錯了，原來是個連環計，先設陷阱引誘我，然後再不留情面地人身攻擊我。

「除此之外，手機電量就係我哋嘅生命，如果接近⋯⋯」話說到一半，Jan 嘴角忽地輕輕抽動了一下，美麗的眼眸閃過一絲不安情緒，似想起甚麼重要事情。

　　我一看她的神情便明白了過來，於是笑著問她：「你係咪搵緊部手機呀？」

　　接著，我從褲袋摸出一部 Motorora Razor Maxx，用兩隻手指夾住，欠揍的晃來晃去。

　　意思像是說：很想要吧？

「唔還返界我就殺咗你。」她冷冷地說。
「除非你叫我王子殿下啦！」

　　我一邊饒有興致地看著她，一邊將那部手機在手中拋著玩。她白晳的臉頰泛起兩片淡淡的粉紅，但仍然強忍住羞恥的表情。

　　忽然間，我眼前一片漆黑，金星亂閃，只聽到耳邊傳來以下聲音：「噗──」「咔──」「呲──」「嘭──」「啪──」

　　回過神來的時候，我已經被 Jan 所施的納爾遜式鎖鎖住。

　　手機呢？不見了。

「哼──」Jan 一手推開了我，力度非常之大，我被推開接近三米，最後像鴕鳥般一頭栽在地上。

我的自尊？甚麼是自尊啊？我的人生只有羞恥。

「Blue 你有冇事呀?!」Sara 連忙趕了過來將我扶起，透過極是靈動的大眼睛傳來關切之意，只覺得身子暖呼呼的，讓剛剛屈辱的心情舒緩了些。

「敢過嚟就扭斷你嘅手腳。」説完之後她便轉身走去，頭也不回，只留下我和 Sara 站在原地，望著她遠去的方向，Sara 忽地淡淡地問道：「你覺得 Jan 呢個人點？」

我遲疑了一下，想起我每次説起 Jan 她都會有異樣的神情，剛才我只顧著看 Jan 還惹她生氣了，保險起見我應該把 Jan 踩得一文不值。

「我覺得佢嘅性格非常惡劣，將來肯定做剩女。」我説。
「剩女？咩係剩女？」Sara 歪著頭問道。
「即係嫁唔出、冇人要嘅女人。」

Sara 撲哧一聲笑了出來，問道：「咁我呢，我係咪剩女？」

「當然唔係啦！肯定大把男人爭住娶你！」
「咁你呢？」

我沒想到 Sara 這樣説出一句，大感窘迫，一時説不出話來：

「吓、吓──？」

她白皙如玉的臉頰微微紅了一下，伸出蔥花般的手指，輕輕點在我額頭上，似笑非笑地說：「冇嘢喇，我哋早啲休息啦。」

「哦……好、好。」我連忙陪笑著，裝作甚麼都沒聽過般。

但老實說，如果我不是早有初戀情人，我肯定想娶 Sara 回家。

你問我的初戀情人是誰？你認為我會寫在這裡嗎？

才不會！

在這之後，我走到兜巴星咖啡把幾張梳化搬了過來，在大本營客服中心拼合出兩張床來，我和 Sara 各睡一張。

至於 Jan……她竟然自己收藏了一整套無良印品床褥，高床軟枕的睡著，真是豈有此理。

日記打到這裡，今天發生的事大致上完結。

從超市「借回來」的可樂都已經喝完，時間不早，我先睡了。

完！

日記結束時間：2013 年 8 月 20 日　星期二　04:01

調查筆記 .txt

最後更新時間：2013 年 8 月 20 日　04:15

「這裡」的疑點：

· 永遠不會天亮

· 除了空調，所有電器都停止運作，包括自動電梯及電燈

· 這裡有靈體

· 剛進來時有關華仔的惡作劇

· 大門鎖了（H&N 及砵蘭街出口）

· 手機收不到訊號

· 我能控制商場的物件，但好像不能憑空製造出來

· 四張攝影展覽的相片

· 一張詭異的畫作（相應的憎恨已經萌生）

· 數張 Red 寫的卡片

· 據稱還有一名美男子（Jan 提供的情報）

· 若手機關閉、失去電量或遠離身體，便會使宿主有生命危險

靈體資料：

· 三胞胎（已擊退）

對付靈體的方法：

· 沒有

人物資料：

· Sara

真光女書院學生，準備升中六

好 Pure 好 True，所有男人夢寐以求的 100 分女友

· Jan

食屎啦！！！！！！！！！！！！

星期二手機日記
2013 年 8 月 20 日

關閉

還記得之前說過，只要我們抽絲剝繭的找出線索，最終一定能夠知道這裡的真相。可是，隨著真相如洋蔥一瓣瓣剝開，我卻懼怕起來，寧願繼續維持外表的假象。

活在假象裡，比面對真相來得容易多了。

今天醒來的時候，我迷糊地往旁邊望去，微光之下，只見 Sara 和 Jan 仍未醒來。然後我伸了個懶腰，站起身來，開著手機電筒走到 TST-Burger 用意念想象三份早餐，半响後，廚房裡面的廚具便好像施魔法一樣自動烹調著：漢堡扒從冰箱飄出來落在鐵板上，隨即點火加熱，麵粉自己混合材料接著變成幾個扁扁的麵團，再飄進焗爐裡面烤熟。

當漢堡都自動完成後，便經由半空移到去桌子的上方，慢慢地降落在碟子上面，三份精美的早餐比餐牌上的照片更加美觀，還發出令人垂涎三尺的香味。

雖然看著整個製作過程非常過癮，但我始終不能夠憑空製造食物，所以終有一日我們會吃光所有食物，然後活活等死。

做好三份早餐之後，我走過去喚醒 Sara 和 Jan，發現之前還在安靜睡覺的 Sara，不知何時坐了起來，睡眼惺忪的揉揉眼，抬頭看見我之後，露出了一個足以融化北極大陸的笑容，我癡癡望著，一時竟是呆了。

SAVE >

「Blue，早晨。」

　　她眼中的笑意絲毫不減，聲音也帶著幾分溫柔，頓時讓我臉都燥熱起來，吶吶道：「早晨呀，Sara。」

「咁香嘅？你整咗早餐？」她好像察覺不到我的羞態，鼻子輕輕抽了幾下，似是聞到甚麼味道。

「係呀，我整咗三個漢堡包早餐。」
「我係咪都有份㗎？」
「當然有份。」

「好嘢——」她一邊說，一邊下床，連鞋都沒穿就這般光著柔白的腳走到桌子邊坐下，然後便開始享用她的漢堡包早餐。

　　我會心微笑，轉而望往 Jan 那邊，卻看見她大字型的睡姿趴在床褥上，棉被呈咸酸菜狀的卷在身上，嘴角還流出口水，彷彿面前的不再是昨晚嘴裡不饒人的野蠻大小姐，而是一個對社會險惡完全一竅不通的天真美少女。

　　當我想用手機拍下她的睡相時，我突然感到背後一陣涼意，隨即發現 Jan 已經睜開了眼睛，她那似要殺人的眼光掃了過來。

　　我嚇得身子都軟了下來，連忙收起手機，道：「Jan、Jan、

我⋯⋯諗、諗住叫你起身食早餐⋯⋯」

　　她沒有回答，一個字也沒說，然後緩緩下了床，穿上鞋子，慢慢走過來。

　　怎麼辦？難道她發現了我想偷拍她？她一步一步向我走近，那個愈來愈接近的身影，彷彿散發著無形的殺意！

　　終於，她走到了我面前，我怕得抬起雙手擋在胸前，正想開口道歉的時候，她卻跟我擦身而過，連眼角都沒有往我臉上瞟一眼。轉頭一看，只見她坐了在 Sara 對面，用白蔥似的手指拿起一個漢堡包，放在嘴邊嚼了起來。

　　我隨之大鬆一口氣，慢慢放下雙手，便走過去與她們一起吃早餐。

「早晨呀，Jan。」我禮貌的笑著說。
「⋯⋯」

　　她沒有回答，明顯不把我放在眼裡，但我還是厚著臉皮，又說：「大家不如一邊食早餐一邊討論下情報。」

「原來係一個別有用心嘅偽君子。」Jan 淡淡地說。

　　真後悔剛才趕不及拍下她睡覺的貓樣！

「冇錯，我係。」我誠實回答。

「睇在你早餐嘅份上，我畀你問五條問題，偽君子。」Jan 說完後，用吸管啜飲了一口可樂。

「第一晚廣場仲未有展覽板，你點知道手機電池嘅秘密？」我問道。

「有人話我知，第一條問題。」

「點解你噚晚暈低咗？」

「我測試緊靈體對人嘅影響，第三條問題。」

「你幾歲？」

「十九歲，第五條問題。」

「點解五條問題會變咗三條問題？」

「我改變咗主意。」

「好。」

「輪到我問你問題。」

「好。」

「點解淨係得你有能力？」

「老實講，唔知道。」

「喎喎你講嘅係咩展覽？」

「噚晚通天廣場展覽區有個攝影展覽，其中四張相有特別嘅意義。」

「幾時見到?」

「遇到 Sara 之前。」

她沉默了片刻,看了我一眼,不知怎麼,她眼裡忽然掠過一絲痛楚,但目光仍然銳利而冰冷,道:「你係咪講緊大話?」

她繼續說道:「我噚日一直跟住你,見唔到你所講嘅展覽,反而見到你對住空氣影相。」

我心中猛的一緊,只覺得口中有些發抖,失聲道:「我肯定噚日展覽區有攝影展覽,我仲用手機影低咗!」

我有點緊張地把「生命」、「正與負」、「只有自己」和「顏色」的照片遞給她看。

「哦,係呀?」Jan 只看了一眼,卻沒有多說甚麼,顯然對我一點也不相信。

「⋯⋯」

「我講嘅係事實。」

「嗯。」

我無言以對。跳進黃河也洗不清。同時感覺到 Jan 投來的目光有別之前,以前是把我當成好玩的事物,現在卻是不想跟我扯

上任何關係。

這時候，Sara 一雙柔若無骨的手握住了我的手，說：「Blue，我信你㗎。」

只看見她眉眼間盈盈都是溫柔，我忍不住心中一動，然後她又說：「不如我哋等陣一齊行動。」

Sara 主動提議一起行動，以圖化解僵局，可是 Jan 卻不肯罷休，說：「除非畀我保管佢嘅手機。」

「都好，我都覺得自己值得懷疑。」我強顏歡笑地說，接著便把手抽回來，將我的 Sorry Xperica S 交了給 Jan。

在那一刻，我徹徹底底地覺得自己是一個罪犯。

大約過了十分鐘，Sara 和 Jan 都吃完早餐，時間是早上的十時正，隨後她們去了洗手間梳洗，把手機暫時交還給我。

據她們的對話中了解，Jan 在女洗手間搭建了一個臨時浴室，我有點好奇臨時浴室是怎樣的，但既然是在女洗手間，我就不太方便進去。於是我自己一個人繼續吃著早餐，三十分鐘後，她們終於出來。

　　兩人烏黑的長髮如瀑布般披在身後，飄來陣陣清新的洗髮精香味，猶如雨後的梨花，一陣清新動人當真撲面而來一般。

「唔好意思呀，係咪等咗好耐？」Sara 雙手合十，帶著歉意地説道。

「唔係呀⋯⋯時間啱啱好。」
「咁就好喇，我哋出發嚕。」
「好。」

　　然後我們便離開了客服中心的光線照射範圍，一切又回歸黑暗，由於我的手機交了給 Jan 保管，因此她們兩人走在前頭負責照明。又因為美食廣場已經被我用雜物封住了，所以我們選擇走上天梯到較高的樓層調查。

　　我用繩子牽著華仔，經由天梯走上 L8 的期間，四周異常寧靜，耳邊就只有我們轟隆轟隆的腳步聲，空氣中飄蕩著一股令人窒息的氣氛。

「Jan，好多謝你係女洗手間佈置嘅浴室。」Sara 試圖緩解在場的緊張氣氛。

「唔使客氣，我哋係應該互相照顧嘅。」Jan 對 Sara 的態度有如受過英國淑女教育的大小姐般客氣、優雅。

「仲有你準備嘅洗頭水、毛巾，如果我係男人實愛死你。」Sara 的話語也如蜂蜜般滋潤，Jan 微笑不語。

「Jan，你係咪調查咗靈體對我哋嘅影響？」Sara 又問。
「係，當我靠近嗰三個模特兒靈體之後，電量好快速咁下降，長時間接觸仲會暈低。」
「即係我哋唔應該接近啲靈體……」Sara 這樣說著。
「嗯，冇錯。」
「咁你噚晚咪好危險，好彩我哋救返你……」
「我以後會注意下，唔會再做呢啲咁危險嘅調查。」

　　她們二人彼此相敬如賓，而我就好像是一個陌生人，只能默默看著她們交談，甚至沒人知道我的存在。

　　我很想向天咆哮，宣洩心中鬱悶情緒，但這裡連丁點兒天空都看不到，層層黑暗之中，連一點微弱希望都找不到。

　　突然之間，我感覺到背後有股視線，彷彿黑暗中有甚麼東西在窺視著我，直看得我全身毛骨悚然。我猛然轉頭，可是除了黑暗深處仍亮著燈的客服中心之外，甚麼都看不見。是我多疑了嗎？我甚至能聽到自己「怦怦、怦怦」的心跳聲。

　　可是 Sara、Jan 甚至華仔都不覺有異樣，應該只是自己疑神疑鬼吧。正當我重新看回前面的時候，我再次感覺到那道視線，

正窺視著自己的一舉一動……

　　我慢慢轉頭，但這次我將視線抬高，望向通天廣場那塊巨型顯示屏。然後，看見顯示屏上播放著一對眼睛，跟我四目交接。我嚇得身子都軟了下來，一屁股坐了在電梯級上面，話都噎在喉嚨裡。

「Blue，發生咩事？」耳邊傳來 Sara 焦急的聲音。「通、通……天廣場個……M-Mon……」我顫抖地指向那塊巨型顯示屏，卻看見上面只有黑色一片，甚麼都沒有播著。

「咦？」我臉上神情一時難以形容，錯愕至極。
「Blue 你起返身先啦。」隨後 Sara 把我扶了起來，回頭一看，只見 Jan 冷冷的望著我，甚麼都沒有說。

　　我苦笑一聲，心裡雖然覺得冤枉，但似乎解釋她也不會信，於是便默默跟著她們走，沒有提及剛才那對眼睛，只在心中暗自思忖，那應該是一對男人的眼睛，眼型極美，卻有一種極之不祥的感覺，就好像這個商場生出了意識，長出了眼睛，好奇地張望著我們。一想到這，身子禁不住打了個冷顫，同一時間，我們也到達了戲院的樓層——L8。

　　然後我們便互相匯報手機的電量：
我：100%

Sara：90%

Jan：100%

因為 Sara 用她的挨瘋替我們照明，所以電量消耗得最快。

匯報完以後，我們慢慢行近 Adadas，我順手拿了幾件男裝衣服和背包。接著便繼續沿商舖往上走，打算逐一仔細調查，我們幾個人的腳步聲在空盪盪的走廊迴盪著，走著走著，我忽然聽到一些電子雜聲，像是收音機收不到訊號時發出的聲音。

「你哋聽唔聽到有啲嗞嗞聲？」我問道。
「聽到。」走在最前的 Sara 低聲地回答，柳眉緊鎖，臉色也少見的有幾分沉重，我和 Jan 的步伐也隨之沉重起來，緊緊的跟在她身後。

「嗞……嗞……」那聲音愈來愈大，我掌心早已沁出冷汗。但無奈光線範圍所限，我們一直未能看見聲音的源頭。

「嗞嗞嗞嗞嗞嗞嗞嗞……嗞嗞嗞嗞嗞嗞嗞嗞……」
「嗞嗞嗞嗞嗞嗞嗞嗞……嗞嗞嗞嗞嗞嗞嗞嗞……」

黑暗裡光亮處，出現了 US 戲院的入口。再行近幾步，我們終於找到那聲音來源，赫然正是來自戲院裡面的電視機，原本用來播放預告片，現在只有雪花雜訊畫面，發出令人煩躁的聲音。

　　我本以為商場除了空調之外所有電器都停止了運作，為甚麼這裡的電視機會開著？再行近一步，仔細看清楚，發現其中一部電視機的電源線已被剪斷，在沒有供電的情況下竟然繼續開著，調查過後發現所有電視機的情況也是一樣。

「繼續調查定係……走？」Sara 的聲線顫抖起來。
「……」Jan 默不作聲，表示沒有意見。

　　現在回頭的話，很可能會錯過一些重要線索。我沉默了一會，半晌後才說：「繼續調查。」

「嗯……」Sara 的聲音似有幾分害怕。
「放心，我一定會保護大家。」我為大家打下一支強心針，同時亦安撫自己。

「！！！」忽然，我感覺到身後多了一道光線，立刻轉身看去，發現只是 Jan 擅自打開了自己手機的電筒，背對著我和 Sara，默默地凝望著牆上一樣東西。

「你睇緊咩呀，Jan？」我好奇問道。
「你望下。」Jan 用手機照射著一幅電影海報。

　　我的臉部表情機能已經被衝擊得不能作出任何反應，只能直直的盯著電影海報。

《不存在的世界》電影海報

　　甚麼？《不存在的世界》？導演是我本人？我不由自主地後退了幾步，陷入沉思之中。如果這是商場的線索，那就一定會成真，這點不用置疑。但如果這是第四個人的惡作劇，那就更加心寒了，他是怎樣知道我的名字？又是怎樣做到這件事？

　　而動機又是甚麼⋯⋯？

「好無聊嘅惡作劇。」Sara 說。
「恭喜有人榮升大導演——啪啪啪——」Jan 輕輕拍著手掌，接著便轉過身走了開去，繼續調查其他地方。

「呢度仲有上映場次。」Jan 照著牆壁上的電影場次資料。Sara 見我沒有反應，一手挽著我的手臂向 Jan 走了過去。

「上面話套電影幾點有場？」Sara 問道。
「十一點零五分，喺 P 院放映。」Jan 說。

　　我聽到之後，眉頭緊皺起來。P 院？US 戲院現在開到 P 院這麼多嗎？還是有特別意思？

　　看一看手錶，十一點零五分，那即是半個小時後就放映。我默然不語，心裡更是忐忑不安，不知道那部電影會是關於甚麼。

「我哋一齊去睇好冇？」Sara 拉住我跟 Jan 說。

「我係絕對冇問題，你不如問下大導演先生啦。」Jan 道。

「我會睇……」我勉強從喉嚨擠出聲音來。

「我只係驚有人會悶親，佢自己係導演，應該睇過好多次。」

「一次都冇睇過，因為套戲真係唔關我事。」我委屈地說。

「吖！唔通呢度嘅第四個人都係叫陳海藍？」Jan 始終沒有正眼看我，好像看我一眼就會染上病毒似的。

「我真係唔知發生咩事！」我有點激動，下意識靠近了她一步。然後，她好像受驚嚇反射般彈開三步距離，眼中流露出掩飾不了的厭惡。

　　那眼神就像看著一團垃圾。

　　算了，我放棄澄清了，反正從早上開始我已經被她當成犯人。或者我跟《不赦島》的男主角一樣，認為自己是一個被迫害的受害者，到最後卻發現我是整件事的始作俑者。

　　Sara 看在眼中，一雙明眸閃過一絲笑意，但轉眼就消散不見。我以為自己看錯，當下揉了揉雙眼，然後看見她臉上神色一片平和，哪有甚麼笑意？

「但 P 院喺邊度？我印象中好似冇 P 院。」Sara 疑惑的問道。

「我哋入去望下。」Jan 淡淡地說。

然後 Jan 便拿著手機一步一步深入戲院裡面，Sara 拉住我緊隨其後。途經賣爆谷零食的櫃台，光線照到爆谷機裡面插著一張紙，寫著：「休閒時間」

上面這樣寫著，難道又是線索？我眉頭輕皺，一時之間想不出有甚麼含義。慢慢地，我目光都落在那張紙上面，彷彿那是世間最神秘的紙張。

仔細看著，繼續看著。

「噗噗噗噗噗噗噗噗噗噗！」裡面的爆米花忽地亂蹦亂跳，發出霹霹叭叭的碰撞聲。

我嚇得心臟重重跳了一下，差點便叫了出來。

「汪汪！」華仔受驚吠了幾聲。
「嚇咗一跳……」Sara 心有餘悸道。
「你見唔見到裡面有張紙？」我問道。
「嗯，但唔明白咩意思。」Sara 說。

「噗噗噗噗噗噗噗噗噗。」

只見裡面的爆米花仍然激烈地碰撞著，力度甚至大得使整台機器微微震動，然而除此之外並無異樣，大家也想不通「**休閒時**

SAVE >

間」代表甚麼意思，於是便暫時不去理會，徑直向著走廊走去，一步接著一步，步速緩慢，來到兩扇門的面前。

那兩扇門一黑一白，並排著。光線照過去，原來黑色門上面刻著一句小小的字句。

「門是分割有限空間的一種實體，它的作用是可以連接和關閉兩個或多個空間的出入口。」

我和 Sara 面面相覷，對門上的字句毫無頭緒。我望向 Jan，看見她面無表情，但柳眉輕輕皺起，隱約看出心事重重。

我重新轉過頭來，把手放在門把上，再用咳聲示意想把門打開。

「……」寂靜一片，感覺所有視線都落在我手上。我吞了一口口水，準備面對未知的恐怖。

「吱呀──」我慢慢推開了門，眼前出現一間房間。

純黑色的房間，裡面沒有任何物件。

「咦？」Sara 望著眼前的黑房，表情有點惘然。
「裡面會唔會有其他線索？」Sara 又說。

「好似唔多覺有……」我說。

「可能我哋開錯門？」Sara 說。

「嗯，我諗都係。」我說完後就關上了門。

　　黑色門旁邊是一道白色的門，但上面沒有寫著任何字句，因此我沒多想便扭開門鎖，順手一推。

　　可是，白色門卻推不動。

「奇怪，我推唔開道門。」我疑惑著說。

「會唔會係反鎖咗？」Sara 道。

「應該唔係，因為我扭得開個門鎖。」

「雖然道門睇落係用推，但你有冇試過用拉？」

「推同拉都試過，一樣開唔到，好似有雜物擋住咗咁。」我無奈地說。

「如果係雜物擋住，咁即係裡面有人……」Sara 吶吶的道。

「或者只係道門黐實咗，推唔開。」我提出另一個假設。

「既然道門開唔到，不如我哋去其他地方再搵下線索。」Sara 說。

「咯咯咯。」

「好呀。」我說。

「咯咯咯。」

「咦，咩聲嚟？」Sara 問道。

SAVE >

「敲門聲囉。」我回答。

「咯咯咯。」我與 Sara 互相對望，都看到對方眼中的恐懼！白色門後竟然傳來敲門聲！

「手機！」Jan 突然開口道。

　　我望向 Sara 手中的挨瘋：

90%

85%

80%

　　短短兩秒，Sara 的挨瘋已經失去了 10% 電量！

「讓開！」我來不及作出反應，Jan 已經向著門口使出一記凌空飛踢，漂亮的姿勢充滿力量，看起來根本是奧運會的滿分踢腿動作。

　　飛舞中的足踝、白色的門……無法迴避的距離！

「砰！」白色門被一腳踢開，重重的撞在房間的牆上。

　　若是剛剛有人站在門後面，恐怕已變成一片意式風情的披薩。電量已經停止急速下降了。出現在我們面前的，是一間純白色的房間。

Sara 看了看裡面，低聲問道：「咦……點解唔見靈體嘅……唔通道門就係靈體？」

「唔唔靈體應該喺門後面，而家應該夾死咗。」Jan 面目如常，神色平和，就這樣淡淡的說著。

我啞口無言。徹徹底底啞口無言。

我之前傾盡九牛二虎之力才趕走了三胞胎，但 Jan 竟然這麼輕易就把人家踢得魂消魄散，實在太不尊重它們了，至少都應該鞠一個躬，說一聲「打擾了」吧。

Sara 原本的恐懼神色，片刻間化作動人心魄的俏麗笑顏，道：「嘻嘻，做得好！」

「Jan，其實我之前已經想問，你係咪有學武術？」Sara 好奇滿滿地問。

「唔係，我只係咁唔將電影裡面嘅招式使咗出嚟。」Jan 說。
「你仲識唔識其他呀？我想睇呀！」

正當 Sara 纏著 Jan 的時候，華仔低下了頭，把鼻子湊到那白色門，仔細地嗅著。我心中閃過一個念頭，便走近白色門，輕輕拉開。

　　門後，有幾張被夾住的小紙條飄落在地。我俯身拾起，發現是三張《不存在的世界》的戲票。

20-08-2013　11:05　P 院

　　一樣的日期、一樣的時間、一樣的電影院。原來，我們一直跟著劇本走，一切行動都被妥善地安排好。那麼，接下來的劇情又是甚麼？看了看手錶，還有十五分鐘，電影就開場了。

　　這時候，Sara 望了過來，好奇地道：「咦，呢三張係戲飛？」

「係呀，我喺門後面搵到。」我說。
「咁就好喇，我哋可以去睇下嗰套戲講咩。」Sara 道。
「有戲飛都冇用，我哋搵唔到個影院，錯過咗放映時間可能就再冇機會……」我嘆了口氣。

「我哋出去再調查下，仲有時間，唔好氣餒。」Sara 溫柔的道。
「嗯，好！」我重新燃點起希望。

　　出去之前，我的目光在那道白色門上停留了一下，心裡冒出一個疑問。若果世間所有事物都要遵從因果，靈體也不例外，那麼，它們為甚麼會出現？

　　總不會因為我長得又醜又挫，所以全部都衝著我來吧？雖然

這個議題很值得搬出來讓大家討論，但我們還有一件更加迫切的事情，就是把 P 院找出來。

之後，我們在附近調查了大概五分鐘，但除了這兩道門之外便沒有其他門口。因此我們回到那道黑色門前。

「究竟上面刻住嘅呢句嘢係咩意思？」我苦惱著説。
「句嘢只係講述門嘅定義⋯⋯睇唔出有咩特別⋯⋯」Sara 吶吶道。

「定義⋯⋯呢句嘢會唔會唔係定義，而係準確咁反映出呢道門嘅特性？」我喃喃自語。

「『**作用是可以連接和關閉兩個或多個空間的出入口**』⋯⋯即係道門可以連接去其他空間，例如 P 院？」Sara 問道。

「右錯⋯⋯即係傳送門咁，不過唔知道點樣先可以連接到 P 院。」我説。

「可能要用啲特別方法，或者特別儀式？」Sara 接著我的推理道。
「儀式同埋特別方法⋯⋯」我心念急轉，腦海回想著剛才發生的一切。

雪花電視機、跳躍的爆谷、黑門、白門、靈體、戲票。

SAVE >

黑門、戲票、儀式？

「會唔會係透過拎住特定嘅物件，經過黑門就可以進入特定嘅空間？」我驚訝道。

「例如拎住戲飛就會去到影院，拎住本聖經會去到教堂？」Sara說。

「最重要係個氣氛。」我說。
「我哋要營造出睇戲嘅氣氛。」Sara說。

「嗯，我哋頭先冇拎住戲飛，所以營造唔出睇戲嘅氣氛，令到黑色門唔知道我哋想去影院。」我說。

「咁快啲試下拎住戲飛開門啦！」Sara帶點激動地說。
「好。」我說。
「我幫你照住。」Sara說。

匯報電量時間：
我：100%（我的手機一直被Jan保管著，沒有消耗任何電量）
Sara：70%
Jan：95%

隨即，我左手拿著戲票，右手放在門把上，「咔——」的一聲

扭開。

「嘎吱——」我慢慢推開黑色門。

　　眼前事物漸漸清晰。但依然是純黑色的房間，甚麼都沒有。我大失所望，本以為眼前會出現一排排的電影座位，還有一個投射大屏幕，但結果還是那間純黑色的房間。難道方法用錯了，還是氣氛營造得不足夠？

「會唔會係我哋個方法錯咗？」我道。
「唔緊要，我哋再諗下先啦，仲有時間嘅……咦，原來得返六分鐘就開場……」Sara 臉色一沉。

「爆谷。」忽地，一直沉默不語的 Jan 突然開口説了一聲。
「爆谷？」我轉身看去，問道。
「氣氛。」Jan 回答道。

　　恍然大悟！爆米花＋戲票＝電影院！

　　我們立刻走到爆米花機那裡，打算用紙袋盛一些爆米花回去。可是，根本就盛不到爆米花。那些爆米花離開了機器，卻依然跳動著，不斷地從我手上的紙袋跳出來。

　　Sara 皺了皺眉，澀聲道：「點算好……用手㩒住唔畀佢哋跳

SAVE

出去得唔得？」

　　我無奈地回答：「唔得⋯⋯啲爆谷好大力，會整穿個紙袋。」

　　Sara 又問：「咁有無其他嘢可以裝？比較堅固嘅嘢。」

　　我臉色一苦，道：「冇，附近只有裝爆谷嘅普通紙袋⋯⋯」

　　Sara 點了點頭，嘆息道：「的確⋯⋯我諗附近只有部機可以裝得住啲爆谷⋯⋯」

　　忽然之間，我靈機一觸。

「成部機搬過去得唔得？」我說。

「好似好重咁⋯⋯你試下拎唔拎到？」Sara 說。

「等我試下先。」我說。

「嗄──！」爆米花機好像跟桌子緊緊黏住似的，絲毫不動，穩如泰山。

　　不行，就算是 Jan 也拿不起來，我心想。

「等我試下用念力。」我說。

「好⋯⋯」Sara 隨即退開了一步。

「嗖」一聲，整部爆米花機倏地升高三尺，平穩懸浮在半空中。

「*噗噗噗噗噗噗噗噗噗噗*——」在我的驅持下，爆米花機慢慢移到黑色門那裡，再緩緩落下。

接著，我再一次推開黑色門。眼前的景象終於變了。我們看見一個黑色窄長空間，並排著四個門口。

四個只有黑布垂下的門口，明顯是影院的入口。每個門口的上方都有一個發光的字牌，分別標記著：「1 院」、「4 院」、「7 院」、「9 院」。

卻沒有我們一直在找的 P 院。

眼角餘光掃處，看見牆上最高的位置用紅色噴漆寫著一句句子：「只有一個是 P 院喔　找找看吧。」

我看一下手錶，還有三分鐘就要開場了。即是説……我們要在三分鐘之內，從這四個門口之中，找出真正的 P 院入口。然而，除了那句紅色噴漆寫的句子之外，便無其他線索。

「P 院即係邊個影院……」Sara 歪著頭問道。

「我都諗唔到……」我説。

「不如試下亂撞。」我又説。

「唔得。」Jan 忽然道。

「冇錯……因為每道門上面都放咗刀片。」Sara 抬著頭説。

SAVE >

　　我走近一步仔細看清楚，發現四道門的頂部都裝著一塊染有血跡的刀片，在我們面前的門口彷彿不是影院入口，而是四座巍峨矗立的斷頭台！

　　看到之後，我心裡面萬分慶幸剛才沒有亂猜。猜錯的話，身體應該馬上斷成兩截吧？

「最衰睇唔到黑布後面嘅情況。」Sara 遺憾地說。
「估錯咗又會俾人鋤開兩半，又唔知 P 院個 P 字點解，唉⋯⋯」我輕輕嘆了口氣，搖了搖頭。

「仲有兩分鐘⋯⋯」Sara 說。
「不如等我用念力拋部爆谷機入去撞答案。」我說。

　　我想起那部爆米花機，但正當想轉身將那部機拉進來的時候，心中感到有點異樣。

　　那部爆米花機早已消失不見。難怪我覺得有點異樣，原來我剛才已經聽不到任何爆米花碰撞聲。

「唉⋯⋯」眼見唯一的希望都沒了，我不由自主又嘆了口氣。

　　就在那個時候，Jan 忽然抬起腳步，慢慢往 4 院的方向走去。她站在 4 院的門口前，抬頭凝視著那塊染了血的刀片。

「Jan……你想點？」我有不祥的預感。

「P 代表 People。」Jan 轉過頭説。

「你肯定？可能仲有其他解釋呢……」我語氣開始緊張起來。

「諗唔到其他解釋。」Jan 淡淡地説。

「估錯咗會、會冇命，無謂搵命博、博吖……」我頭上冒出汗來，連説話都有些結巴。

「……」Jan 不予理會。

「嗱嗱嗱，唔好以為我唔知你想點呀，乖乖地行返過嚟啦。」

　　我慢慢走近她，心中好像有一面大鼓，一直在「咚咚」的敲著。正當我想伸手把她拉回來之際，她腳步抬起，就在空中，眼看要跨過那道門檻。此刻她如瀑布般的烏黑秀髮，絲絲縷縷穿過我的指間，觸感是那麼的滑，那麼的刻骨銘心！

　　是甚麼在心中無聲嘶吼，是甚麼在胸膛裡激盪？

「Jan！！！！！！！」我再也控制不到自己，失聲叫了出來。

　　靜寂無聲。

　　我一直緊閉著雙眼，生怕一張開雙眼就會看見一分為二的 Jan。

SAVE ›

「Jan？」我就像站在深淵的邊緣，戰戰兢兢的問道。

「Blue，Jan 佢有冇事呀？」Sara 同樣不敢張開眼睛。

「我唔知呀……」

「……」

「……」

　　過了好一陣子，我慢慢地睜開雙眼。4 院門口的刀片仍然懸在上方，地上亦沒有出現任何內臟、肉塊。Jan 已經不見了，窄長的房間只剩下我、Sara 還有華仔。

「Sara，Jan 行咗入去喇。」我鬆一口氣道。

　　張開眼睛之前，我心裡恐懼到極點，連背上也感受到那針扎入骨的感覺。連自己都解釋不到，為甚麼會對她這麼著緊。

「呼——」Sara 也鬆了一口氣。

「我頭先好驚 Jan 會有事。」我心有餘悸的說。

　　Sara 瞄了我一眼，漫不經心地道：「Jan 對你咁差，你唔憎佢？」

「唔可以怪佢嘅，始終我身上有好多疑點。」

「其實你覺得 Jan 點？」Sara 低著頭，眼光飄忽不定，似乎在望著不知何處。

「嗯？」我一時錯愕，不知怎樣回答。

「冇嘢喇，你當我冇問過啦。」Sara 重新抬起頭，臉上浮起了笑容。

我多看了她兩眼，雖然心中有些奇怪，不過也沒放在心上，於是便説：「咁我哋入去啦。」

「好。」接著我們便一起踏進 4 院，也就是「P 院」裡面。

掀開入口黑布，第一眼看見的是靠牆站著的 Jan，她雙手交疊在胸前，瞧模樣似乎在等候我們。看見她安然無恙，頓時周身壓力一鬆。

「太好了。」我在心中感恩著。

環顧四周，只見 P 院裡面跟現實的電影院並無分別，投射大屏幕、一排排標記著字母的座位、逃生出口等等。這裡簡直是這幾天來見過最正常的地方，我心想。

目光一動，霍然一片黑影飛了過來，我連忙伸手去接，卻發現是我的 Sorry Xperica S。Jan 臉上冷若冰霜，只淡淡的道：「畀返你。」

「點解你背畀返我嘅？你唔係信唔過我咩？」我心裡大是詫異！

　　她沉默了一下，目光輕輕移開，落到 Sara 身上，同時也平靜道：「放返喺你度安全啲。」

　　甚麼意思？難道她為了我手機的安全才一直替我保管著？

　　她話一說完，身後的投影機射出一道亮白光束，打在大布幕上。大布幕亦開始向左右方向延伸，一切準備就緒。

　　雖然我不太明白 Jan 那句話是甚麼意思，但也沒有多想，拿著手機按下相機功能，將《不存在的世界》拍下來！

這是關於BLUE的故事 嘛

手機日記影片 (13112KB)

　　電影播映完以後，周圍的溫度彷彿降到冰點，許久都沒有人說話。大家心底裡都知道，那齣電影是在影射我們三人。

藍色是我，黃色是 Jan，至於紅色……則是 Sara。

那麼，一開始賀卡和明信片上面的 Red，也就是 Sara？那麼，她準備殺掉 Jan 嗎？到底……「她」是甚麼來的？我不想再想下去，也不敢再想下去。彷彿讓大腦的底片強行曝光一樣，腦裡只剩下空白。

「唔好意思！我好急！我要去廁所！失陪！」我頭也不回地向門外跑去。

「嗄──」「嗄──」「嗄──」不顧一切地，衝向洗手間。

甚麼聲音都不想聽到。甚麼人也不想見到。逃避現實的速度，比光還要快。

「啊！！！」我向著鏡中的自己歇斯底里地大叫。

鏡中映照出的，是一名神情極度憔悴的男子，臉如死灰似的。「我唔想留喺度呀……」我向著鏡中的自己訴苦。

鏡中映照出的，是一名神情極度憔悴的男子，淚珠如泉湧。「再咁落去我頂唔順啦……」我在鏡子面前徹底崩潰。

鏡中映照出的，是一名神情極度憔悴的男子，背後也站著一

名男子。比我高出一個頭的男子，黑髮白衣，一張壞壞的笑臉，好像始終都帶著笑意。

「喲，Blue，終於可以同你見面。」異常俊美的男子，這樣說著。

　　猛的轉身——劇烈地顫抖！

「真係吖，竟然喊到咁嘅樣。」說罷，男子纖細白晢的手從口袋裡拿出一條黑色布巾，溫柔地替我擦拭臉上的眼淚。

　　只覺得他的眼波柔得如水一般，那些不愉快的心情竟然在一瞬間煙消雲散。

「你⋯⋯邊個⋯⋯係？」我結結巴巴地問。
「我就係呢度嘅第四個人。」他的聲音富有磁性，給人一種安全感的倚靠，足履實地般的踏實。

　　我眉頭一挑，驚訝道：「第四個人？」

　　我想起 Jan 口中提過的美男子，再和眼前這個男子比對，準確無誤。介乎於男性與女性之間的美，超越了世俗的美態，已不能用言詞來形容。如果 Jan 是神仙姐姐的話，我想他應該是天使哥哥吧？

　　既然他就是這裡的第四個人，我漸漸放下了戒心，問道：「你頭先嚇親我……點解你會喺度嘅？」

　　他嘴角掛著一抹淡淡的微笑，溫柔道：「不如唔好用『你』嚟稱呼我，我叫 Moon。」
「唔好意思……Moon，點解你知道我叫 Blue 嘅？」
「我無意中聽到嘅。」

　　清爽的黑色短髮、一塵不染的白色恤衫、33L 黑色背包。我的視線停留在 Moon 的背包上，一個漲得快要變成球形的背包。

「Moon，點解你個背囊咁漲嘅？你放咗啲咩入去呀？」我好奇地問他。

「喔，只係一啲無關痛癢嘅雜物。」我看了他一眼，只見他臉上神色一片平和，也不知心裡在想甚麼。

「哦……係呢我仲有兩個同伴，你過唔過嚟？」我的聲音忽然變低，想起剛才的電影，感覺到自己的表情上出現一絲異樣。

　　「噗」的一聲，Moon 將他那病態蒼白的手輕輕放在我肩頭上，傳來絲絲溫暖，傳遍了全身。

「我就唔去喇，我驚女仔，而且有啲事需要你自己一個人去面對。」

鼓起勇氣，我永遠支持你。」Moon 那雙深邃銳利的眼眸，彷彿能看穿對方的內心想法。

而且他所說的話，也很耐人尋味。

「哦⋯⋯咁好啦⋯⋯」我吶吶的道。
「我哋仲會再見。」Moon 莞爾一笑，轉身走了出去。

望著他的背影消失在黑暗中，我竟是怔怔出神。過了半晌，才回過神來，立即邁開腳步就跑。我要回去！我不能再逃避了！

我加快腳步，眼下還有幾步便回到 P 院。三步。二步。一步。

「嘎吱──」門甫一打開，一排排的座位、大布幕、華仔、Sara、Jan，通通都消失不見了！

眼前只有兩扇並排的門，黑色門和白色門。

這不是剛才的地方嗎？怎麼回事怎麼回事怎麼回事。怎麼我會出來了？我不是在 P 院嗎？心跳正在加速。簡直加速至儀錶不能偵測的速度！

「喂！！！玩咩嘢呀！」我向著黑色門大吼。

　　我當即從褲袋裡取出三張戲票，心裡面默念著：「我有戲飛，我要睇戲，我要去 P 院，快啲開門界我。」

　　放在門把上的手一扭，「咔」一聲黑門被打開，門後卻是一間純黑色的房間，正中間站著一個白色半透明人。

「貴先生，遲到啦呵呵呵，呵呵呵，遲到啦遲到啦。」半透明的人在前方，聲音卻從後方傳來。

　　我下意識後退一步，手已不爭氣地顫抖。轉頭一看，發現走廊地上放著一部卡式錄音機，錄音帶不停地讀帶、播帶。

「今次弊。」我顫抖地說。
「貴先生，你冇爆谷呵呵呵，呵呵呵，冇爆谷冇爆谷。」

　　半透明人的語速不時加快或放慢，快的時候錄音帶的轉速亦隨之加快。慢的時候，錄音機的帶子像上鏈一樣發出咔咔聲。此刻，心中忽地浮現出 Jan 的面容。如白駒過隙，轉瞬即逝。那一張清麗絕色的容顏，好像就在眼前！

「*係，當我靠近嗰三個模特兒靈體之後，電量好快速咁下降，長時間接觸仲會暈低。*」對，我怎能忘記 Jan 冒著性命危險換來的情報！

SAVE >

　　我回過神來，正打算拔足逃跑之際，不料腳下一軟，竟是跌坐在地上，意識也開始模糊不清。

　　太遲了，全身的力氣正急速地流逝：
95%
90%
85%
80%

　　整個人倒在地上，視線矇矓地看著自己手機的電量正在不斷下降。

「貴先生，瞓著咗呵呵呵，呵呵呵，瞓著咗瞓著咗。」我伸出顫抖的右手，向著錄音機。

　　我的舉動，嚇壞了白色靈體。

「唔好！」「唔好！」「唔好！」「唔好！」「唔好！」
「唔好！」「唔好！」「唔好！」「唔好！」「唔好！」

　　錄音機連珠炮發出極刺耳的尖叫聲，盒帶上的磁帶捲軸在瘋狂地旋轉。

「去……死……啦……」我虛弱地說。同時卡式錄音機緩緩地升

起，直至貼著天花板。

「求下你！」「求下你！」「求下你！」「求下你！」
「畀證你！」「畀證你！」「畀證你！」「畀證你！」

「喝——！」隨著我一聲大喝，卡式錄音機急速下墜，然後像自由落體一樣摔在地下，零件四處飛散。

聲音已靜止，手機電量亦停止下跌：
75%
75%
75%

體內的血液重新流動，力氣亦漸漸恢復。我跟蹌地站了起來，看著眼前的白色靈體面容扭曲，像演默劇一樣在咆吼。

失去聲音的白色半透明人已經無法再對我產生負面影響，由此推斷他只能透過聲音的媒介來影響手機電量。然後，我抬起腳，把錄音帶徹底踩碎。白色半透明人一聲不吭的灰飛煙滅，化成一張證件。

我俯身拾起來，發現是「US 院線職員證」。我喜形於色，有了這張證件我便可以通過黑門重新回到 P 院了。

SAVE >

　　接著，我走到黑門前，把手放在門把上，握著門把的手，卻遲遲不敢扭動。另一隻手拿著的職員證，也因過度用力而變得皺褶。我在黑暗中，默默看著那道黑色的門，門的後方，會是甚麼等待著我？或許會是《不存在的世界》那一幕，Sara 把刀子捅在 Jan 身上？

　　即使那一幕還未發生，那只是早晚的問題，因為我們是不能違抗「商場」的劇本。

　　那麼，我應該怎樣面對 Sara？又該用甚麼態度對她？朋友？還是敵人？我凝視了很久，很久，始終不能把門打開。

　　不能，還是不敢？是畏懼嗎？是退縮嗎？她，是我不能面對的人嗎？緩緩的，有種窒息的感覺，彷彿，又要逃跑。

　　肩頭上，忽地傳來了溫暖。那淡淡的溫暖，就像在不久以前，我曾經感受過。有個人，在我瀕臨崩潰的時候，用布巾替我擦拭眼淚，告訴了我，他永遠會支持我。

　　所以，鼓起勇氣吧！

　　「咔——」我雙眼緊閉，慢慢地推開黑門。

　　前方，忽地傳來一聲淒厲叫聲。

我又怎會認不出來，那是 Jan 的聲音……？那一幕已經發生了嗎？Sara 已經殺了 Jan 嗎？

絕望的真相就在門後，但我的手已經無力推開黑門。哈哈哈哈哈哈哈哈哈哈哈哈哈哈哈哈哈哈！

我崩潰了嗎？哈哈哈哈哈哈哈哈哈哈哈哈哈哈哈哈哈哈！

也不知過了多久，黑暗中，門後傳來 Sara 的聲音：「Jan 唔好驚啦，電影嚟嘅咋，唔驚唔驚，有我保護你。」

我目瞪口呆，作不出反應來。欲求真相的手不由自主地推開黑色門。映入眼簾的，是電影座位。還有，臉色慘白的 Jan，和攬住 Jan 肩膀的 Sara。

？？？

「Blue！你有冇搞錯！你去咗邊！」Sara 嘟起小嘴，氣嘟嘟地瞪著我。

「……」我下巴都掉了下來，一時不能反應。
「你睇下 Jan 嚇到幾驚！你仲跑咗出去！」Sara 抱怨著。
「吓？」

SAVE >

「呢套根本唔係咩《不存在的世界》，而係《詭屋驚凶實錄》呀！」Sara 皺起眉頭說。

我望向背後的大屏幕，只見鬼婆鬼佬在談話，哪裡有用刀子戳人的蠟筆女人？可能真的有吧，但也應該是鬼婆拿刀子捅鬼佬。

「*汪汪──*」Sara 身旁的華仔彷彿也在抱怨著。
「Blue，你係咪遇到咩怪事？」本來柳眉倒豎的 Sara，臉上漸漸浮現出一絲擔心。

「我頭先睇到啲你哋睇唔到嘅嘢。」我很想這樣說出來，但最後還是放棄了，謊道：「我去廁所咋嘛，冇嘢呀。」

「但你好似去咗好耐喎……」Sara 眼中憂慮之色更盛。
「其實係我怕睇鬼片所以唔敢返嚟……哈哈……」我打算蒙混過去。
「唔怪得一播片頭你就一支箭咁跑走咗！」Sara 微嗔道。

我眼前的 Sara 和 Jan，看不見《不存在的世界》的片段。然而，平日盛氣凌人的 Jan，在這個時候竟然嚇得蒼白得像要透明一般。難道平時那個目中無人的 Jan 只是假裝出來的？

怎樣想也不明白為甚麼一個連面對真正靈體都從容不迫的少女，此時此刻會被荷里活電影特技嚇倒。

「本來我哋想走㗎喇，但你又唔知去咗邊⋯⋯」

「對唔住呀，我真係唔配做男人⋯⋯」

「咁你又唔使講到咁嚴重⋯⋯」

「係呢，我頭先喺廁所見到第四個人，原來佢叫 Moon。」

「你唔叫埋佢過嚟嘅？」

「佢好似係獨行派⋯⋯嗯⋯⋯」

「哦⋯⋯哎吔我哋出去再講啦，Jan 佢好驚呀。」Sara 緊張地說。

「好。」

　　接著，Sara 便扶起受驚嚇的 Jan，步履蹣跚地步出 P 院。Jan 虛弱地靠在 Sara 右邊，回頭望向我，目光中閃爍著複雜的神情。我直視著她的眼眸視線，感覺到強烈的不協調感。一定有地方出錯了。是哪裡出錯了？

　　眼見 Sara 和 Jan 顫顫巍巍地走路，讓人不免想要攙扶她們一把。

「Sara 不如你休息下，等我扶住 Jan。」我說。

「唔使喇，我應付到。」Sara 如玉般的臉煩黏著被汗水沾濕的髮絲，連聲音也多了幾分疲倦。

「你咁都話應付到⋯⋯交畀我啦。」

「你都係想抽人水啫⋯⋯我睇穿你啦⋯⋯」

「⋯⋯」Sara 說完這句，我想辯駁卻無法出聲。

　　我只好緊隨著她們，即使 Sara 支持不住我也可以馬上扶著她們。

　　當時我們經過 US 戲院的白色長走廊，左面是連綿不斷的落地大玻璃，平日可以飽覽整個旺角的景色，但此時只見外面漆黑一片，好像有塊黑布遮擋著視線似的，令氣氛變得頗為壓抑。

「Blue 呀⋯⋯」Sara 忽然開口道。
「嗯？終於頂唔順啦？」我問道。

　　她慢慢轉過頭來，低聲道：「唔係⋯⋯我想問你啲嘢⋯⋯」

「哦？你問啦。」我說。

　　Sara 移開了目光，沒有立刻說話，只見她的目光似乎有些游離不定，望著某個不知名處。我心中有些奇怪，半晌之後，只聽到她突然問道：「你有冇女朋友？」

　　我被這預料不到的問題嚇了一跳，只得難為情地回答：「冇、冇呀⋯⋯你睇我個樣似有咩⋯⋯」說完這句話之後，走廊一時靜了下來，耳邊只有嗒嗒、嗒嗒的腳步聲，隱隱有些尷尬。

「咁我⋯⋯」Sara 似乎想說甚麼，但不知為何，欲言又止，臉上更是一片通紅。

「嗯？」

　　她深深呼吸，慢慢鎮定了下來，只是美麗的面容之上，仍有幾分淡淡的粉紅，看著我的眼神裡充滿溫柔之意，問道：「咁我可唔可以做你女朋友？」

　　我只覺得腦中「嗡」的一聲，雙頰發燙，想必也是暈紅了一片。

　　那個美麗到不可一世的溫柔女子，竟然向我表白！

「……」由於事出太過突然，我心跳得厲害，一時竟忘了回答。

「你可以慢慢考慮喫，我只係想向你表明心意。」Sara 慢慢別開臉去，柔和的側面輪廓中，彷彿還有一絲幽幽的羞澀。

「對、對唔住，我只係太突然反應唔切……其實……」我話未說完，眼角餘光轉動，忽然發現落地玻璃上貼了一張紙。

登人

名字：追星小子

興趣：追星

喜愛：明星

性格：暴躁

SAVE >

　　突如其來的尋人告示使我和 Sara 之間的尷尬氣氛緩解了許多，我決定暫時擱置眼前少女的告白，決意做一個全世界最差勁的男子。

「點解呢度會有尋人告示嘅？」Sara 的説話語氣已回復平靜。
「我哋撕走佢慢慢睇啦，前面就係商場入口喇。」我説。

　　我把尋人告示撕了下來，只是一張平平無奇的 A4 紙，並無異樣。然後我推開大門，讓 Sara 和 Jan 先通過，接著才牽著華仔走出去。

　　呼，一路上除了那張 A4 紙之外便無其他特別事情發生，我不禁鬆一口氣。

　　回到商場之後，我檢查一下自己的手機電量：70%

　　綽綽有餘，我心想。

「Sara，你同 Jan 仲剩返幾多電？」我問道。

　　Sara 臉上驀地現出了慌亂神色，呐呐道：「我、我唔知呀。」

「拎出嚟望下咪知囉？」我説。
「我、我……」她支支吾吾，語不成句。

「係咪有咩事？」我眉頭微微皺了起來，察覺到她的神情有些異樣。

「*汪汪──*」「*汪汪──*」「*汪汪──*」華仔突然向著遠方吠叫。

　　光線照亮過去，遠方赫然站著一個超過三米高的紅色人形物體！

「糖兄妹　我最愛糖～♪」那個人形物體，劍眉星目，虯髯一尺八，面如重棗通紅，手執青龍偃月大關刀，九九八十一斤，不是關公關雲長又是何人？

　　那個全身都被緋紅色光團包圍的雄偉身軀，如排山倒海般撲面而來的霸氣，傳說中的英雄人物如今就站在我的遠方。

　　那紅色關公雙腳一躍，不消一秒便落到我前方一米的地上。他著地的時候，遠近的地面都震動了起來，腳下的瓷磚地板更出現了裂痕。

「最愛躺躺　躺在你身旁～♪」他用著極之豪邁粗獷的嗓門，向著我們唱起糖兄妹的流行曲。

　　我和紅色關公的身高比例，猶如姚明跟三歲小孩。

「最愛躺躺　躺在你胸膛～♪」紅色關公依然興奮地唱著流行曲。雖然形象上很有違和感，但看來他就是尋人告示上的「追星小子」。

歌曲、聲音？

我突然想起 US 戲院內白色靈體所發出的聲音。那把使我失去意識的聲音。

我立即打開手機屏幕：
70%

維持不變。

不但手機電量維持不變，連身體也沒有出現任何暈眩等不良影響。難道眼前的紅色關公不是靈體？我心想。

「咦，唔知點解手機電量冇下跌，而且我唔覺得頭暈，佢會唔會係自己人㗎喇？」我心中有些惘然，喃喃道。

「佢嘅顏色同以前出現嘅靈體都唔一樣。」我再補充。

她們沒有回答，只有紅色關公的歌聲佈滿整個商場。

「雖然我的身高有點嬌小～♪」轉頭一看，卻見 Sara 的臉色慘白如紙，像是完全失去了血色般，幾乎成了透明。連 Jan 也抬起了頭，望著我的表情似乎想要説些甚麼，可是話到嘴邊，竟沒有了聲音。

「紅、紅……」Sara 望著紅色關公，連聲音也顫抖起來。
「咩話？」我問道。

　　Sara 嘴唇發抖，嘶啞著聲音，斷斷續續的道：「紅……走、走……」

「佢可能係我哋朋友嚟！你睇下我手機仲有 70% 電，一啲事都冇。」説完後，我伸出了手機，把屏幕向著 Sara。

「啪──」我的手機掉了在地上。

　　啊不。正確點來説是握著手機的整條手臂掉了在地上！！！

　　鮮血，一地。

「嘶嘶──」右手與肩膀的連接位皮開肉綻，如花灑一樣噴著名為絕望的慄色液體。黑色的世界頓時變得豔麗至極。腳下所站著的地板，早就看不出原來的顏色了吧。

SAVE >

是白色的嗎？沒力氣猜了。關刀深陷在我右邊肩膀下方的地板，估計是把地板給擊穿了。

肩膀沒有了，以後再也穿不上衣服怎辦？關刀「吱吱」地拔了出來。遍地的殷紅色液體，一直擴散開去。關刀在我左邊肩膀上方高高舉開。

又是一擊。我現在的模樣很像蝴蝶，兩邊有著名為血液的翅膀。

「嘶嘶──」
「啊啊啊啊啊啊啊啊啊啊啊啊啊！」Sara 發出宛如悲鳴般刺耳的尖叫聲。Jan 的眼中竟有淚光閃動，全身顫抖了起來。

沉甸甸的關刀再次被提起，刀鋒貼著天花，這次目標放在我的頭上方。

真是沒用呀，我要是死了怎麼辦。那 Sara 就永遠得不到我的答案了。我真是個差勁的男人。

「啊啊啊啊啊啊啊啊啊啊啊啊啊！」Sara 不顧一切的衝到我面前，擋在我與紅色關公之間。

關刀向著 Sara 迎頭劈下，那如泰山壓頂般的巨刃，刀氣完全

把我們籠罩住。

「Sara，走呀。」我用僅餘的意識叫喊著。

Jan 跌倒在地，拖著虛弱的身體爬向我，彷彿每一個動作都用盡了她全身力氣。然後，看似不堪一擊的 Sara，卻竟然接下了紅色關公這一擊。

白皙的雙掌夾住刀刃，十分勉強地，掌間都滲出了鮮血。

紅色關公好像微感驚訝，Sara 便在他分神之際，雙掌用力一推，他手中的青龍偃月刀幾乎握持不住，險些脫手而出。只聽到他悶哼一聲，赫見他小腹中插著一把小刀，刀柄染著血，卻是 Sara 不知何時插在他身上！

情急之下，他向後猛退了幾步，眼睛上下打量著 Sara，眼中浮現出忌憚之色。

「嗷！」但隨著他一聲大吼，如怒龍狂嘶，聲動四野，刹那間那紅色光芒放大十倍，他瘋了一般躍起撲向 Sara，舉刀往下直劈。

Sara 抬手欲擋，兩隻手掌夾住了他劈下的刀刃，但重壓之下，下半身直接被打進地裡。

像釘子一樣。

「嗶咽——」地上的手機好像顯示出電量不足的樣子。

「咚——」
「咚——」
「咚——」

狂怒的紅色關公不斷舉刀劈往深陷地面的 Sara，猶如打木樁一般。

停手，快停手，拜託你。溫熱的淚水滴落在地上，與血泊融為一體。

失去行動能力的 Sara，只能舉起軟弱無力的雙手硬擋，但紅色關公每一下砍劈都對她的手肘造成巨大傷害，現在她的手肘已經支離破碎，殘缺不全了。

「咚——」那股揮打的風壓猛烈得彷彿會撕裂身體。

「格——」手骨斷裂的聲音。

Sara 的雙手終於敵不過強烈衝擊，失去骨頭支撐的手變得像軟體動物一樣軟綿綿。

「放手　放開所有～♪」紅色關公看見 Sara 萎靡不振的樣子，愉快的高歌起來。

　　Sara 回頭望來，像是拚命凝聚身上最後的力氣，跟我説：「走、走……」

　　失去雙手的我，已經作不出任何反應，臉上盡是不停湧出來的眼淚。眼前的景象已經超出表情的表達範圍，比起十八層煉獄更加絕望、淒厲。

「*嗶咧——*」我的手機再次響起電量不足的警告。

　　突然，紅色關公停止了歌唱。他的頭轉了方向，不是向著我，而是地上奄奄一息的 Jan。Jan 不斷地向我爬近的舉動，已經被他發現了。

　　他好像很不滿，然後以擲標槍的姿勢舉高關刀。對準了 Jan 的後背。毛骨悚然的寒冷感覺一瞬間遊走全身，使我全身的血液都凝住了。

　　我呆呆地看著充滿殺意的關刀。Jan 的嘴唇，都失去了血色，在微微顫抖著。她看著我，做了一個口型——「走」。

　　我是陳海藍。我不會再做懦夫，不會再逃跑。我還能戰鬥。

哪怕是一秒的時間，我也想拖延著。

「颼——」我用僅存的力氣，把一口鮮血吐在紅色關公的臉上。

「仆……街……仔……」我虛弱地說。華仔也撲了上去，張開口對著紅色關公的小腿，狠狠地一口咬下。

「嗷……嗷……」動怒了。

眼前的紅色關公徹徹底底地動怒了。他發出的紅光，照遍了整個樓層。迎面而來的風獵獵作響，幾乎感覺不到一點生機。關刀還未劈落，身體上的皮膚已有刺痛之感。縱劈、橫劈、直刺、連劈，關刀如游龍般張牙舞爪，不斷在我身上造成一次又一次的傷害。

被劈中的地方頓時皮開肉綻，血肉橫飛，感覺身體結構都被他憤怒的關刀破壞掉。

「嘰——」低頭一看，只見關刀把我的腹部刺穿了，從駭人的血洞裡傳來肌肉撕裂的聲音。

我「哇」的一聲噴出一口鮮血，刀刃從背部穿刺而出，身體像是串燒般，完完全全被貫穿了。

　　隨著關刀「嘰」一聲拔出來，感覺體內所有器官也被一併扯出體外，內臟混雜鮮血掉在地上，在腹部開了一個洞。有種輕飄飄的感覺。因為失去了支撐的關係，上半身瞬間攤軟下來，使我的身高也矮了幾分。

　　啊啊，明明我本來已經長得不高。

　　上半身和下半身只剩下些許皮肉相連，整具軀殼搖搖欲墜，不好好平衡的話，兩截身體就會立即分家。我不知道自己為甚麼還可以保持著意識，但是，眼皮好像有千斤重，快要抬不起來。

　　念力對我來說是個高不可攀的議題。去你媽的念力，我的精神狀態還能使用念力的話就要招惹非議了。

　　然而，就在這個時候。風，突然減緩了。致命性的一刀尚未揮落。怎麼了？是在可憐我這個血淋淋的肉柱嗎？

「汪汪——！」
「追星小子，我唔會再界你亂嚟。」

　　我慢慢睜開雙眼。看見前方有一隻病態蒼白的手，溫柔地托著正在落下的關刀。清爽的黑色短髮、高窕的身材、漲漲的背包。

　　然後，那隻輕輕貼著關刀的手，看似虛弱無力的往上一撥，

紅色關公手中的青龍偃月大關刀已脫手飛出,「嚓」的一聲釘進天花板,插入了五分之四。

那個紅色關公,啊不,是追星小子,像小狗夾著尾巴般後退,魁梧的三米雄軀竟然顫抖了起來,彷彿看見比戰神呂布還要壓倒的力量。

「我畀三秒時間你走。」Moon 平靜地說。

隨即,我眼前一陣發黑,失去意識。

睜開眼的時候,我看見一片雪白。終於解脫,來到天堂了。

環顧四周,這是一間純白色無半點污垢的四方形房間。燈下明亮,一眼望去,所有家具都是黑色的。黑色的桌子、黑色的餐椅、黑色的衣櫃、黑色的沙發⋯⋯

淋浴的水聲在耳邊輕輕迴響,然後看見華仔躺了在床邊。

原來華仔你也死了啊⋯⋯我伸出右手摸摸華仔的頭,心裡滿是愧疚。眼角餘光又向床邊的黑色床頭几瞄了一眼。上面放著一部 Sorry Xperica S,連接著一部移動電源。完好的移動電源,紅色的電源訊號燈在亮著。

我遲疑了一下。然後立即揭開被子！

手還在，腳還在，小腹完好無缺，而且還被換上一身新衣服。心中頓時亂成一團，剎那間許多疑惑在腦海中紛至遝來。彷彿剛才只是做了一個噩夢，一切並非真實。

「小藍，你醒喇？」一個赤裸裸，身上只圍著毛巾的男子從浴室走了出來，目光從容而平和。

濕漉漉的黑色短髮，仍有幾點水珠沿著髮尖滴落在雪白的地板上。病態蒼白的全身沒有任何疤痕，像上好美玉般白璧無瑕。眼前的身體彷若是全世界最完美的男性體型，上帝巧奪天工的藝術品。

我看見他，第一時間不是憶起剛才發生的恐怖事情，而是感到不能言喻的害羞。

「你你你你你你你著返衫先啦！死人唔代表可以唔著衫㗎！」我用手遮掩著視線，滿臉通紅地說。

「我唔記得咗拎衫喺，嘻嘻。」Moon 帶著一絲微笑道，好像對自己不穿衣服的行為感到很滿意。

光著濕漉漉的腳掌走在純白的地板上，發出吱吱的腳步聲。

然而，吱吱的腳步聲正在不斷的靠近著我。

「Moon！你做咩行過嚟呀！著衫呀！」我依然不敢拿走擋在眼前的手，極之難為情地說。

「但係我啲衫就喺你隔籬嘅衣櫃裡面……」Moon 疑惑地說。

「……」我默不作聲，把頭埋在被窩裡，不願跟外界有任何接觸。

　　但是聲音還是隔著被子傳到我的耳中，首先是衣櫃拉開的聲音，然後是衣服跟肌膚摩擦的微妙聲音。啊啊，穿衣的過程可以快點結束嗎？

　　一些畫面在我腦海中浮現。等等，我怎麼會在幻想 Moon 穿衣服的畫面啊！

「得喇。」Moon 的聲音傳來。

　　我從被窩裡出來，看見眼前的 Moon，只穿了一條內褲。

「你究竟咩居心！」我臉紅耳赤地向著 Moon 咆哮。
「唔好咁大聲同我講嘢可以嘛……」Moon 露出委屈的表情。
「……」
「身體感覺點樣？」Moon 問道。

星期二手機日記
2013 年 8 月 20 日

「死人仲可以有咩感覺。」我轉過頭去，不再望向不知羞恥的 Moon。

「邊個話你死咗？」Moon 忍不住笑了出來。

「明明我啱啱幾乎流晒全身嘅血，身體穿咗個大窿仲要冇埋兩隻手，如果唔係上咗天堂點會復原到？而且呢間房都唔似係塱濠商場入面。」我淡淡地說。

「睇嚟你哋仲未真正掌握『生命』嘅意思呀。」我感覺到 Moon 輕輕地坐在床邊，牽動床鋪引起微微的起伏。

「生命？」我疑問著。

「呢個空間入面嘅生命等於手機電量，所以其餘一切同電量冇關嘅嘢，只係無足輕重嘅嘢，包括你嘅肉身。但係，身體某程度上係你電量嘅反映媒介，當你唔夠電嘅時候身體亦會覺得唔舒服，反過嚟講，肉身被破壞亦會影響你嘅電池能量，所以最好都係少啲受傷。」

「所以隨住我電話重新叉電，肉體都會修復好？」

「嗯，冇錯。」

床邊的華仔好奇地盯著我，我向著牠笑了一笑。

「但係點解靠近追星小子嗰時唔會影響電量？而且……而且感覺

SAVE >

佢比之前遇到嘅靈體強好多……」我心有餘悸的問道。

「你知唔知道靈體有分唔同嘅層次？佢哋嘅強度係取決於顏色。」Moon 以專業的口吻述説道。

「雖然顏色分級會隨住唔同人嘅領悟而有唔同嘅睇法，但喺呢度基本上分成白色、紅色、青色同埋黑色。白色最弱，黑色最強，所以屬於紅色嘅追星小子先對你哋造成咁慘不忍睹嘅傷害。」

聽完之後，我一顆心懸了起來，吶吶道：「紅色已經有咁壓倒性嘅力量……咁青色同黑色咪……」

「青色可能會出現，亦有可能唔會出現，完全係取決於你喇，小藍。」Moon 曖昧地笑了一聲。

「咩意思？」我的視線一直停留在地上。
「我已經講得太多，再講就犯規喇。」

我有些茫然起來，忍不住陷入淡淡思緒之中，也不知過了多久，我整個人像是被電流刺激般驚醒起來。

我霍地轉頭望向Moon，也不顧他是否赤裸，焦急地問道：「咁 Sara 同 Jan 呢？佢哋有冇事？」

「佢哋冇事。」Moon 的表情有著微妙變化。

「放心，佢哋各自喺唔同嘅房。」Moon 帶著微笑補充道。

有點在意「放心」的字眼。為甚麼她們分別在不同的房間就要「放心」？出了甚麼事？我突然想起遇上追星小子之前的種種不協調，包括突然虛弱的 Jan，不肯說出電量的 Sara⋯⋯

難道《不存在的世界》的那一幕成真了？驀然間，一些恐怖的畫面在我腦海中閃現。

「我會幫你好好睇住華仔，放心去啦。」Moon 坐在床邊用手替華仔抓癢，華仔被服侍得十分舒服，四腳朝天躺在他的腳邊。

「出門口轉左係 Jan 間房，轉右係 Sara。」他又說。

雖然我還有堆積如山的問題想問他，包括他那引人注目的背包，震懾紅色靈體的力量，還有他那洞悉一切的眼神。但是，我想先找 Sara 和 Jan，腹中有千言萬語要跟她們說。

下定決心之後，我取走了手機，轉身離開房間，下意識往右邊 Sara 的房間走去。可是才走了幾步，卻忽然停住了腳步。

茫然之中，我發覺自己仍未能給出答覆。Sara 向我表白的答覆。

SAVE ›

　　臉色緩緩沉了下來，也不知道應該繼續前進還是折返。心下躊躇了一陣子，最終還是轉身離去，轉而走到 Jan 房間的門前。

　　平平無奇的房門。

「哈——」我苦笑了一聲，心想自己愛逃避的性格根本沒有改變。

　　過了許久，我搖了搖頭，才慢慢伸出右手，在門上輕輕敲了兩下。

「咯咯——」接著，聽到門後響起緩慢的腳步聲，片刻之後，門就被人推開了。

「吱嘎——」
「噗——」

　　門打開後不到半秒鐘，我便看見一道快如鬼魅般的白色窈窕身影，直向我撲來。

　　電光火石之間，一記重拳直接擊中了我的左肩，那是甚麼拳頭？根本就是砲彈。我左腳向後蹬撐才勉強地穩住了身子，緊接而來，如雨點般的拳頭立即打落在我的胸口，完全不給我喘息的機會。

啊啊，實體的攻擊，難道是紅色靈體？Moon 這個混蛋竟然把紅色靈體放在房間裡面，我打從心底裡面咒罵他。

「唦——」「唦——」「唦——」「唦——」

那些拳頭如印，彷彿漫天流星一般，每一拳都那樣重，即使我舉起雙手擋在胸前，不消一會兒便痲痹軟垂，然後上半身便落於沒有防備的挨打狀態。

或許是對於我還未倒下的表現感到不滿，那人影以更快的速度對著我窮追猛打，各種排列組合的拳擊不斷折磨著我身體各個部位。

「唦——」「唦——」「唦——」「唦——」

我連求救的聲音也叫不出來，感覺從喉嚨深處有股鮮血快要從口腔中噴出來。

「可惡！！！」我不顧危險地迎上密集的拳影，朝著那人身上直撲而去。

「咯！」

一聲悶響，我將那人按倒在地上，在幾乎和對方的臉貼到一

SAVE >

起時，我終於看清楚那人的容顏⋯⋯

清麗無雙的容顏，真如欺霜勝雪一般⋯⋯清澈的、明亮的，倒映著我面容的那一雙眼眸⋯⋯Jan！

她被我壓住，動也不動，也沒有說話，只直直的盯著我。女孩子身上特有的淡淡幽香，隨著劇烈運動而加重的喘息，悠悠飄進我的鼻尖。

走廊裡一片靜寂，只回蕩著我們兩人輕輕的呼吸聲，我們就在不到兩公分的距離，互相對視著，氣氛很是尷尬，忽然，她開口打破了沉默：「嗰時我叫你走，你做咩唔走？」

Jan 的語氣很平靜，沒有絲毫波瀾起伏。但是我回答不了，因為我怕一開口，喉嚨深處的鮮血便會噴在她清麗的臉上。

然後她用力推開了我，一手抓住我的衣領，將我拖進她的房間裡。

她的房間跟我的差不多，白色的背景和黑色的家具，我被拽到沙發上躺著，手機連接了一部移動電源。剛才 Jan 對我所施的密集式攻擊，讓我的手機電量足足下降了 20%。

雖然回復電量能修復身體，但不代表身體不會痛，只覺得遍

身都是隱隱的痛楚，全身都像要散掉一般。我也不知道她是腦袋進水還是怎樣，不由分說便將我痛毆一頓，要不是看在她是女子的份上，我早就還手了，絕對，絕對不是打不過她喔！

雖是如此，我心裡卻慶幸自己得到 20% 的充電時間和她獨處，可以將之前的疑問一併向她問個清楚。

我想知道，電影院裡到底發生了甚麼事。

「Jan，之前喺戲院到底發生咩事？」我向她問道，身上的瘀傷正以看得見的速度慢慢變淡。

「……」她坐在對面的沙發，沒有回答。
「點解你要同 Sara 分開兩間房？」我又問道。
「……」
「你話畀我知啦好冇？」

她仍然一言不發，甚至連臉上表情也沒有絲毫變化。面對著緘口不言的 Jan，我也沒法。

「你唔需要知道。」她終於開口說話。
「係咪知道咗之後我會有危險，所以你唔話我知？」
「……」
「你再唔講嘅話，我就去問 Sara。」我直盯盯地望著她，如斷冰

切雪般的堅定。

　　她默默地迎上我的目光，臉色都白了幾分，平放在腿上的雙手，緊緊握成了拳頭，指甲都深深陷入白皙肌膚之中。

　　到底遇上了甚麼事情，就連冷靜幹練的她也恐懼起來？她臉上的表情，漸漸變得茫然，連最初的深深懼意也漸漸消失，臉上就只有茫然。

　　就這樣，一雙眼睛茫然看著我。一直看著。

　　然後。「Blue，Sara 佢係靈體㗎。」Jan 這麼說著。

　　然而，我聽完之後，反而鬆了一口氣。以往種種跡象都顯示著 Sara 的不協調感。從華仔出現開始，直到剛剛在追星小子面前，她那一身詭異的力量。正因為如此，我才不知道應該怎樣面對她。

「你係幾時發現？」我問道。
「一開始。」她淡淡地說。
「一開始？」我露出難以置信的表情。
「嗰時候我喺 H&N 試身室。」她說。

「原來當時裡面嗰個係你，但係點解你會入咗嚟嘅……？」聽到

我這樣問，一向冷靜的她竟然有點不知所措，白皙臉頰居然微微泛起了兩片淡淡的紅色。

　　怎麼回事？是害羞嗎？這個問題應該不會讓人難堪吧？

「我、我經過望濠商場，聽到 H&N 裡面傳出 BB 喊聲，覺、覺得奇怪所以咪入咗嚟——」她第一次變得有些口吃起來，雖然我心中覺得有點奇怪，但也沒有深究，繼續問道：「咁點解你又會入咗試身室？」

「我入咗嚟之後唔小心勾爛咗其中一隻絲襪，所以諗住喺試身室除咗佢。」我吞了一口口水，腦裡有著微妙的畫面。

「你係咪喺度亂諗嘢？」她冷冷地問道。
「對唔住。」我愧疚地道歉說。
「如果你夠膽掂我一下，我就即刻咬腳。」
「今時今日已經好少女仔咁冰清玉潔……」
「係咬斷你條腳。」
「我報警㗎！」我大驚。

　　在這個異空間裡面，這件事不是不會發生的。

「然後我就聽到狗吠聲。」Jan 繼續說道。
「緊接落嚟係女仔笑聲，正確啲嚟講係 Sara 嘅笑聲。」

SAVE >

「最後你嗰把醜怪嘅聲音就出現咗。」

「聲音係唔可以用醜怪嚟形容㗎！」我嚴正提出抗議。

「唔可以㗎咩？」Jan 有點遲疑。

「唔可以！絕對唔可以！」我激動地説。

「哦，原來係咁，最後你嗰把獐頭鼠目嘅聲音就出現咗。」

　　獐頭鼠目也不能來形容聲音的，不能不能不能。

「所以，到後來見到隻狗仔係屬於你嘅時候，我就對佢起咗疑心。」Jan 繼續説。

　　原來如此⋯⋯

　　一開始我喊著華仔的時候，Sara 已經在這裡，商場廣播大概也是她的聲音，但是她沒有把華仔帶回給我。

「大致就係咁樣。」Jan 神情輕鬆地説。

「你好似省略咗好多嘢？」我滿肚子仍是疑問。

「唔好意思，記性唔係太好。」她裝模作樣地吐舌頭，做了個鬼臉。

「如果你記性唔好，咁我應該係冇腦。」我自嘲地説。

「而家先發覺?!」Jan 驚訝道。

「居然扮驚訝?!」我説。

「因為我嘅過失所以你而家先發覺自己係冇腦，完全係我嘅責任呀。」

「我真係蠢得咁緊要?」

「放心,我係唔會歧視單細胞生物。」Jan 一本正經地説。

「你話我係單細胞生物已經同歧視劃上等號!」

「然後我跟喺你同 Sara 後面,發現你哋只係唔唔認識。」Jan 又把話題給轉回來。

「但係你隻狗仔就乖乖地成晚跟住她,你唔覺得奇怪?」

「嗯⋯⋯的確⋯⋯」我回答著。

「睇嚟你嘅理解能力有 0.01% 嘅進步。」Jan 的眼神中帶著幾分欣賞。

「過獎過獎。」我客氣地收下「不存在的讚美」。

「但係,原來她一直都想殺我。」Jan 平靜地説。

「嗯日朝早喺洗手間裡面,同埋喺戲院裡面,我就差啲俾佢殺咗。」本來已經心裡有底的我,聽到這裡也忍不住心寒起來。

根據《不存在的世界》的鋪排,拿刀的那個人是紅色,所以已經證明了 Sara 就是紅色的那個人;被攻擊的那個人則是黃色,亦即是 Jan。

Jan 的供詞確立了我原本模糊不清的猜想。

可惜到現在也搞不清楚藍色和黃色所代表的意義,因為 Moon 所説的靈體顏色,其中並不包括藍色和黃色,所以我和 Jan 肯定不是靈體。那到底代表甚麼呢⋯⋯?

SAVE >

「但係點解 Sara 要殺你？」我問道。

「因為佢覺得我會搶走你。」她淡淡地説。

「……」我無言以對。

「所以當我睇完嗰套電影之後，心裡面已經確定 Sara 就係紅色。」Jan 以不帶絲毫感情色彩的聲音説著。

因為 Sara 認為 Jan 會把我搶走，所以從早上開始 Jan 便故意挑起我的疑點，一直冷眼相待，營造出我和她互不信任的氣氛，務求減低 Sara 的戒心。

想到昨日 Jan 對我這麼差原來是有原因，不知怎麼，感覺自己的神情開始輕鬆和高興起來，好像放下了心頭大石。

「嗰時我只知道 Sara 係紅色，但係唔知道紅色係代表更高級嘅靈體。」Jan 繼續説道。

「直至追星小子出現，我先肯定紅色嘅意思……代表實體、有思考能力、極具威脅性嘅高級靈體。」Jan 一口氣地説完。

我不禁汗顏，Jan 憑藉著高超的推理能力已經知道紅色是代表更高級、更強的靈體，要不是 Moon 告訴我這件事，恐怕我還一直蒙在鼓裡呢。

「但、但係，雖然 Sara 係紅色靈體，但係佢完全冇傷害過我，仲

不顧一切咁救過我，仲、仲⋯⋯」我的聲音，漸漸低了下去。

「仲鍾意你㗎，係咪？」Jan 冷冷看了我一眼，嘴邊卻有淡淡的笑意。

我臉色尷尬起來，沉默了半晌，才低低地說：「其實⋯⋯我唔明白點解佢會鍾意我。」

「因為你係特別嘅存在呀，陳海藍。」有那麼一瞬間，Jan 的眼中閃過一絲微妙的神情，但轉眼間就回復平常。

她深深呼吸，道：「我哋三個人都係特別嘅存在，一開始『顏色』張相已經決定咗個故事大綱會由藍、紅、黃所編撰。」

「大綱」這個詞語形容得很貼切，我們的確跟著一條軌跡來走，而這條軌跡即將要到達盡頭，我心想。

「即係我同你，同埋 Sara ？」我問道。

「嗯。」Jan 微微點頭。

「你之前唔係話見唔到塊展覽板嘅咩？」我又問道。

「嗰時我只係講大話，為咗令 Sara 相信我懷疑緊你。」Jan 說。

果然如此⋯⋯Jan 當時對我這麼差原來真的有苦衷。

「話時話，啱啱 Moon 講咗個好隱晦嘅情報我知。」我如夢方醒。

「Moon？邊個係 Moon？」Jan 歪著頭問道。

「就係嗰個男人，呢度嘅第四個人。」

「哦。」Jan 顯得有點漫不經心。

「佢話呢度嘅靈體分咗四級，分別係白色、紅色、青色、黑色。」

「哦哦，係呀？」Jan 側著頭說。

「佢仲話青色靈體出現嘅機率仲存在變數，變數就係我。」

「好有用嘅情報。」Jan 沒有正視我，目光飄來移去，最後落在移動電源上面。

　　每個房間都有一部移動電源，黑色四方形，而且完好無缺。當那部移動電源已經沒有亮起燈，即是代表手機已經滿電，但是我和 Jan 卻無意識要拔走電源線，或者我們兩人都不想放棄僅餘的單獨相處時間。

　　又或者，當初 Jan 毒打我的動機，只是為了製造出單獨相處的時間？沉默的氣氛，微微顯得有些尷尬。

「嗯。」Jan 突然注視著我，表情有點拘謹。

「嗯？」我疑問著。

「你救咗我兩次，多謝你。」Jan 絕無僅有地笑了，那是純粹出自內心的微笑，白皙如霜雪般的臉上肌膚，有著淡淡的暈紅。

　　同時，在我心深處隱隱藏著的地方，那個長久以來就神聖而不可侵犯的地方，好像第一次出現了小小的裂痕。

難道我內心正暗暗的悸動？不是的！我心裡從來只有那麼的一個她，那個五年前在自修室遇見的女子，那個魂牽夢縈的女子才有著心動的感覺⋯⋯

當我再次抬起頭的時候，臉上的激動神情已經褪去，取而代之的是平和的笑容。

「唔使客氣，」我轉過身，慢慢離去，「我返去先啦，你好好休息下！」我頭也不回地離開她的房間，結束了意味深長的對話。

雖然我相信 Jan 所說的話，但還是有很多地方仍然不明不白。例如 Sara 愛上我的原因，還有很久之前，那句「相應的憎恨已經萌生」的意思。

最重要的是，我想 Sara 親口承認自己的身份。所以，我決定前往 Sara 的房間，不再逃避。一口氣地走過窄長的雪白走廊，我來到 Sara 的房間門前。

「咯咯——」我輕力的敲了敲門。
「邊個？」門後傳來 Sara 疑惑的聲音。
「我係 Blue。」我淡淡地説。

一陣急促的腳步聲從門後傳來，然後就聽到「吱呀」一聲開門聲音。

「Blue，你冇事實在太好喇！」奪門而出的 Sara 緊緊抱住了我，生怕只要稍微放鬆我便會離去一樣。

　　她把頭埋在我胸口裡咽嗚著，剛換的一身新衣服都被她的淚水沾濕。這樣的狀態維持了很久，直至我主動開口說話。

「你隻手好返未？」我輕聲問道。
「好返喇……」她哽咽道。
「仲痛唔痛？」
「唔痛……」
「不如我哋入房再講。」

「好。」Sara 依依不捨地鬆開手，再用手背拭去臉上的眼淚。

　　她抬起頭，含著淚光向我笑了笑。那梨花帶雨後的笑容，竟有動人心魄的美麗。我把門關上後，凝視著眼前的 Sara。吞下一口口水之後，問道：「Sara，你有冇嘢要同我講？」

「……」Sara 聽後默然無語，貝齒緊緊咬著下唇，臉上有著一絲苦楚之色。

　　我看在眼中，長呼了一口氣，又說：「我啱啱搵完 Jan，佢已經將啲嘢講晒畀我知，但我希望你親口承認。」

　　她身子抖了一下，臉色都蒼白了些，過了許久之後，才慢慢道：「我係紅色靈體……對唔住呃咗你咁耐……」她說完之後，像是被自己的話語牽動情緒，肩頭聳動，竟又開始哭了起來。

　　我有些不知所措，好像她是被我弄哭似的，忙道：「唔好喊啦 Sara，你做咩喊呀？」

「你知道我係靈體之後……一定會驚咗我……」她哭著說。
「點會呢，我知你唔會害我。」
「你真係唔驚我？」
「唔驚。」

　　她慢慢止住了哭泣，閃著淚光的一雙眼睛只望著我的臉龐，說：「咁我哋一齊去殺 Jan。」

「點……點解要殺 Jan？!」我頓時臉上變色。
「佢要喺我身邊搶走你，帶你離開呢度。」Sara 臉上第一次出現冰冷的表情，直寒到了心裡。

「離開呢度？咁唔係好事嚟咩？!我哋可以一齊離開呢度！」
「唔可以！你離開呢度會接受唔到個真相！」她激動地說。
「真相？你知道真相？」我禁不住目瞪口呆。
「係，我知道真相，但我唔可以話你知。」她淡淡地說。
「點解唔可以話我知？!你快啲講個真相出嚟！」我忍不住有些激

動起來，雙手抓著她柔弱的肩膀。

「我咁做係為你好⋯⋯你相信我⋯⋯」她臉上神情複雜，看上去又是不忍，又是委屈，更不知為甚麼，還似有幾分害怕，連身體也微微顫抖。

「我相信你，但你都要相信我，我冇問題㗎，快啲話我知！」我急道。

「痛⋯⋯」她低低地道。

　　我霍然驚醒，這才發現自己雙手太過用力，抓痛了她的肩膀。

「對唔住。」我愧疚地鬆開雙手，心情漸漸平伏下來。
「唔緊要。」她搖了搖頭，微笑道。
「我返房冷靜下，遲啲再搵你。」

　　我說完後便轉身離去，她馬上拉著我的手，說：「你係咪去搵 Jan？」

「唔係，我只係返去自己間房。」我淡淡地說，沒有轉頭望她。
「你留喺度好冇⋯⋯？」她低低地問道。
「你畀我返去啦好嘛？反正留喺度你都唔會講個真相我知。」我說。

「……」

「仲唔放手？係咪要殺埋我？」我説了句氣話，也不知道她臉上掛著甚麼表情，片刻沉默過後，她終於鬆開了拉著我的手。

下一刻，我離開了她的房間，再沒有回頭。令人窒息的走廊，鬱悶的心情。所有心情也失去了，只剩下空空的軀殼。

然後我回到自己的房間，躺在床上寫下今天的日記。用了整整兩個小時，我才寫完今天的日記。

今天實在發生了太多事情。

「寫完嘩？」Moon 一直坐在房子的黑色沙發上，閱讀著一本厚厚的古舊書籍，看似是聖經。

「嗯。」我淡淡地説。

「我幫你準備咗浴巾同牙刷，你可以去沖涼呀。」Moon 合上書本説。

「唔該你。」我説。

「唔使客氣。」Moon 的聲線很柔和、很治療，恐怕沒有女性能抵擋得住他的魅力。

刺刺的冷水灑在臉上，冰冷的自來水再流轉到全身各部位，皮膚表面會因冷水的刺激而收縮變白，身體有點受不了。大約十

分鐘過後，草草地刷過牙後便走出了浴室。Moon 已經睡了在床的其中一邊，蓋上了雪白的被子，背對著我，身體正微微的起伏。

此時的我才發現整個房間只有一張雙人床，僅存的一張雙人床。根據我當時的處境，我有著五個選項：

一、就這樣睡在 Moon 旁邊；

二、睡在沙發上；

三、睡在 Jan 的房間；

四、睡在 Sara 的房間；

五、不睡。

我很快便用排除法去掉第四個選項。然後再排除掉第三個選項，接著是第五個，因為我實在很需要休息。看著面前的沙發，我在仔細考慮第二個選項。

算了，我今天實在累得驚人，只想好好睡一覺，於是把第二個選項也排除掉。接著，我動作十分輕盈地坐在床邊，再鑽進被窩裡面。所有動作都如履薄冰，小心翼翼地進行，以免弄醒旁邊的 Moon。

「小藍。」Moon 把臉轉過來，深深注視著我。

還是把他弄醒了。難堪的氣氛。

「嗯？」我道。

「晚安。」他微笑道。

「嗯，晚安。」

　　雪白的天花，雪白的地板，沒有任何燈泡但異常地光亮的房間。就好像房間的材質自身在發亮。我默默地盯著天花板，腦裡想著很多事情。良久，我打破了寂靜。

「Moon？」

「嗯？」Moon 悠悠地說。

「你究竟係咩人？」我問道。

「我同你係一樣。」他意味深長地說。

「我唔會有擊退紅色靈體嘅能力，亦唔會有創造空間嘅能力。」我說。

「哦，你發現咗嘑？」Moon 的語氣依然十分平靜。

「走廊盡頭有一道黑色門，我認得係 US 戲院嘅傳送門。」

「呵呵。」Moon 按捺不住笑意。

「我唔清楚你係點創造出呢度，而且，當我哋頭先提及黑色同青色靈體嗰陣，你只係話過青色有可能出現，但係你冇講黑色。」

　　我頓了一頓，繼續說：「咁即係話，黑色已經出現咗。而且，我懷疑你就係黑色靈體。」

SAVE >

「哈哈哈哈。」Moon 失去儀態地大笑。

「我估錯咗?」我有些錯愕。

「冇,你講得好啱。」Moon 笑著說。

「我就係黑色。」

「不過我唔會對你做啲咩,我只係嚟推進**劇本**嘅進度。」

「劇本」跟 Jan 提及的「大綱」意思相同,看來她又猜對了,我們三個人就是故事的主角。

「冇錯,去到最後,你需要喺兩個結局裡面揀一個。」Moon 說,「好好休息啦。」Moon 直起了身子,望向我的眼神裡,似是閃爍著詭異的光芒。

「我仲有啲想、想……問……」我突然感覺到濃濃的睡意襲來,然後便沉沉睡去。

　　醒來的時候,已經是早上的八時。我惬意地伸一伸懶腰,隨即四處張望。雪白的房間,旁邊只有睡得甜甜的華仔。看不見 Moon 的身影。

　　意料中事,我心想。

　　我把被子疊好,再到浴室梳洗一番。一千呎左右的房間,除了浴室之外便沒有其他房間,沒有廚房,沒有睡房。我坐在沙發

上，心中思索著。

作為黑色靈體的 Moon，為甚麼要把我救回？

藍色、白色又代表甚麼意思？為甚麼他沒有提及？難道我和 Jan 也是靈體嗎？大腦被昨天接收的情報弄得一片混亂。「劇本」的意思，還有各種靈體的能力。昨天我跟黑色和紅色靈體這麼接近，電量卻沒有減退。最低級的白色靈體反而能夠直接降低我們的電量，可是沒有紅色靈體那般毀滅性的力量。

那青色靈體呢？會有著甚麼能力？不知道，怎樣想都不知道。

或許我應該問一下 Sara，她既然是紅色靈體，可能會知道些甚麼。而且，我還想跟她道歉，昨晚實在太孩子氣。

我補充了以上缺少的日記，便離去了。

日記結束時間：2013 年 8 月 21 日　星期三　08:31

JUSTLING LONG HO HALL

星期三手機日記

2013 年 8 月 21 日

關閉

　　把房門關上之後，我慢慢走到 Sara 的房間門口，倒吸了一口涼氣，才輕輕的在門扉上敲了敲。等了大概半分鐘，房裡面卻沒有任何動靜，門仍然緊閉著。那一刻我心頭泛起一絲愧疚和負罪感，Sara 不開門的原因只有一個。

　　就是我昨晚對她實在太差，居然問她是否也要殺掉我，傷透了她的心。眼前平平無奇的房門，體現了 Sara 心中對我的封閉。

「Sara，瞓醒未呀？」我輕聲問道。

　　門後沒有傳來丁點聲音。

「醒咗嘅話可唔可以開一開門？」門後仍舊沒有傳來聲音。
「我有啲嘢想問你呀。」門後還是沒有傳來聲音。
「你再唔出聲我就自己推門入嚟㗎喇？」一片寂靜，又過了十多秒鐘。

「嘎吱——」我慢慢地把門推開，房內的情況漸漸映入眼簾。

　　Sara 低著頭坐在床上，目光若有所失，茫然望著不知名處。我看見她這個模樣，簡直想以土下座的方式下跪，為我昨晚的行為道歉。

「Sara⋯⋯」我低聲念著她的名字，面上神情複雜而帶著愧疚之

意。

「哈哈哈哈哈哈哈哈哈哈哈──!」Sara 忽然大聲狂笑,像變了個人似的。

「哈哈哈哈!冇人要 Sara!」Sara 眼中充滿恨意,似乎已經墮入了瘋狂,就在這一錯神間,Sara 突然把我撞開,然後奔出了房間。我還未反應過來,她已經跑到走廊盡頭的黑門前。下一秒便會在我的眼前消失!

　　心裡萬分的驚恐。無數個「怎麼辦」在我心中驟然叢生。我呆呆地伸出手想要拉住她的背影,卻終究究拉不住。

「吱呀──」黑門已被打開,門後便是漆黑的 US 戲院。

　　一陣微風從門外吹了進來,輕輕掠起了她宛若絲綢般的黑髮。那目光,深深而來,只是她美麗容顏,此刻竟是痛楚淒然之色。

　　看過最後一眼之後,她便轉身離去,再也沒有回頭。上一秒還在的身影,此刻已被無盡的黑暗所吞噬。走廊的盡頭已經沒有人。只有悄然開著的黑色門,彷彿在默默憐惜被傷害的心靈。我看也不看其他地方,只是向著 Sara 離去的方向,一直跑去。

　　不要離我太遠,突然離開我視線。

一隻白晢的手從後伸了過來，用力拉住了我的手。

「你想去邊？」回頭一看，說話的那人是 Jan。

「當然係去追返佢！」我向著她大聲喝道。

「你可唔可以醒下。」她冷冷地說。

「我好清醒，我要搵佢返嚟，佢搞成咁係我嘅責任。」

「你係咪唔記得咗佢係紅色靈體？」

「Sara 的確係紅色靈體，但佢同時係我哋嘅同伴！」

「唔會有傷害同伴嘅同伴。」

「你連解釋嘅機會都唔畀佢，萬一佢只係俾 Moon 威脅呢？」

「陳海藍，睇嚟你已經失去理智——」

「隨得你點講！」我用力掙脫開 Jan 的手，回到自己的房間帶上華仔。

*「汪汪！」*我在華仔頭上摸了一下，牠高興地叫嚷著，以為要去散步。

然後我便牽著華仔到 Sara 的房間，示意要牠認住 Sara 的氣味。華仔嗅過 Sara 的床單後，便如脫弦之箭一樣跑向黑門，我立即跟上華仔，一邊跑一邊拿出手機。

視線一轉，落在 Jan 的身上，只見她面沉如水，一聲不吭地站在原地。轉眼間，我已經跑到她的身旁，但她仍然無動於衷，只是冷冷地看著我，沒有打算跟上來。我心頭一沉，有種失落的

感覺，但理解她為甚麼不想跟上來，明明 Sara 差點就殺了她，我還執意要把她找回來⋯⋯

但是⋯⋯但是我就是放不下 Sara！我收回目光，望回前方的黑門，全然不顧，只是用力奔跑。對不起，Jan。

突然間，身邊的腳步聲增加了。

回頭一望，只見 Jan 一言不發地跟在我的身後，我向著她笑了一笑，她隨即移開目光，不去看我。我們一起穿過了黑門，漸漸融入黑暗之中，離開 US 戲院之後，四周圍已經黑得伸手不見五指，我隨即打開了手機電筒，跟隨著華仔往上面的樓層跑去。Jan 跟我並肩跑著，肩頭不時碰到肩頭。

「我只係咁啱順路，唔係同你去搵人。」Jan 目無表情地説。
「哦，原來係咁。」我笑道。

塱濠商場高層的格局很簡單，面積比較細，一條路順著走便直達頂層，我相信很快便會找到 Sara。轉眼便跑到 L9，即是可以影貼紙相的那層，平時還可以夾公仔。

「嘎——」「嘎——」「嘎——」我跑了一會已經氣喘吁吁，大口大口的吸氣，我旁邊的 Jan 卻絲毫沒有氣喘吃力之色。

　　這時候，我們經過 Lalala 女性內衣專賣店，黑暗裡光亮處照到一張大型海報，上面有三個只穿內衣的性感女郎。

　　雖然我是毒撚，但不至於連這些都盯著不放，正想移開視線的時候，其中一個穿著白色內衣的性感女郎竟然從海報跳了出來！我和 Jan 同時變了面色，馬上停了腳步，但是那個性感女郎連正眼也不看我們一眼，一步一步緩緩走到欄杆處。

　　然後，她舉起右腳，慢慢跨過欄杆，下一秒身影便消失不見。

　　「砰——」一聲巨響，她就這樣跳了下去，砸在地上。

　　只是聽那聲音，已經能在腦海浮現出她那骨碎筋斷、像爛蕃茄般攤在地上的模樣。這時候 Jan 的臉色白了幾分，似乎也對剛才的事心有餘悸。

　　「嗒嗒——」「嗒——」「嗒嗒——」忽然一陣怪聲在我耳邊響起，有點像是光著濕漉漉的腳掌踏在地上的聲音。

　　這聲音持續了好一會兒，片刻之後，赫見一隻血淋淋的手攀上欄杆！一股戰慄般的感覺，如電芒般掠過全身。我和 Jan 都停住了身形，緩緩後退，但我卻忍不住渾身發抖。

　　那隻手的主人正是剛才跳了下去的性感女郎，現在的她頭骨

爆裂、眼珠被擠出來，手臂小腿扭到怪異的方向，走路的動作極不自然，越過了欄杆，一步一步慢慢走近我們。

「Blue，你聽住⋯⋯一陣我數到第三聲就一齊向上跑⋯⋯」一向冷靜過人的 Jan，竟也有一絲慌張。

「嗯⋯⋯好⋯⋯」我壓低聲音地說。
「一⋯⋯」
「二⋯⋯」
「三！」

　　我和 Jan 抬腿便跑，幾乎在同一時間，那個性感女郎四肢像是蜘蛛爬行般朝我們爬來，速度之快，不消一會就跟了上來！

「咔咔咔咔咔咔咔咔──」那個性感女郎在我身旁爬行，體內傳來咔咔的怪異聲音，我早就嚇得魂都沒了，但硬著頭皮伸手一掌向她頭頂拍落。

　　結果卻是落空了，手掌穿過了她血淋淋的頭。

「白色靈體！」我大叫道。

　　電量：95%

*「咔咔咔咔咔咔咔咔──」*我和 Jan 對望一眼,都看到對方眼中的意思,然後停住了腳步,分別往反方向跳開。

電量:90%

性感女郎隨之急停,身體在地板上摩擦出一道毛骨悚然的聲音,然後把臉扭往我的方向!性感女郎向著我快速爬了過來,以我為中心,急轉不停。

電量:85%

「好難搞嘅靈體!」我罵道。性感女郎圍著我不停打圈爬行,我的電量不斷下跌,行動範圍也被限制住。

電量:80%
電量:75%

*「咔咔咔咔咔咔咔咔──」*無論我停留在原地或是奔跑都擺脫不到她的身影。映著手機電筒的光線,Jan 一直站在遠處,貝齒輕輕咬著下唇,雙眉緊鎖陷入沉思。

「Jan,有冇辦法呀?」我求救道。

Jan 搖了搖頭,繼續尋思處。

SAVE >

「咔咔咔咔咔咔咔咔——」

「咔咔咔咔咔咔咔咔——」

「咔咔咔咔咔咔咔咔——」

　　然後不知道是因為我太接近性感女郎，還是她繞著我爬得太快，只感到一陣昏眩感，整個世界都好像在天旋地轉。

　　電量：70%

　　電量：65%

　　地板在旋轉。性感女郎在旋轉。感覺自己也在旋轉。我用盡一切方法，包括對她吐口水、用腳踩她等等，但她依舊圍著我來爬。

「咔咔咔咔咔咔咔咔——」

「好暈呀……」我差點便保持不到平衡，左腳向前踏了一步穩住身體。

　　電量：60%

　　她剛才在我和 Jan 面前出現，但之後只追著我而沒有追著 Jan，難道我做甚麼事情引起了她的注意？

　　我回憶著剛才我和 Jan 有何分別。站立姿勢？衣著？身高？

還是……喘氣？

　　原來如此！

「咔咔咔咔咔咔咔咔──」

　　電量：55%

　　我大口吸入空氣，直至充滿肺部為止，然後用手捂住嘴巴，
屏息靜氣！我認為性感女郎只會追著大口呼吸的人，而我剛才的
跑步氣喘聲已經引起了她的注意。這解釋了為甚麼她一直死咬著
我不放，而不追著 Jan。

「咔咔咔咔咔咔咔咔──」

　　電量：50%

　　性感女郎爬行速度不減。我閉著氣，額角流下冷汗，戰戰兢
兢地看著像是蜘蛛般爬在地上的性感女郎，很是擔心自己猜錯。

「咔咔咔咔咔咔咔──」
「咔咔咔咔咔──」
「咔咔咔──」
「咔──」

性感女郎停止了爬行！我心裡竊喜，強忍住興奮的心情。

電量：50%

目光向遠處望去，Jan一臉驚愕還未恢復，看見性感女郎像脫線人偶般軟攤在地，隨即也鬆了一口氣。我一手拿著手機，光線一直打在靜止了的性感女郎身上，一手搗住了口，小心翼翼地往後退。

一直往後退，只見光線範圍左右兩邊出現了貼紙相機。我深感不妙，原來我進入了L9的奇妙世界。這裡地方狹窄，加上視線遭到阻隔，萬一遇上靈體便很危險。我心裡萬般不希望再遇上靈體，尤其是紅色靈體（Sara除外）。因此我將手機電筒光線作水平移動，環顧四周，發現這裡只有各款貼紙相機，慶幸並無發現其他靈體。我面露笑容，大大地鬆了一口氣。

「呼──」
「咔咔咔咔咔咔咔──」性感女郎像是活了過來似的，快速向著我的方向爬了過來。

人類總要重複同樣的錯誤。我立即用手按住嘴巴，但是她已經知道我的位置，以極快的速度朝我爬來。

我急步後退，後背卻撞上了一部貼紙相機，再無路可退。

「咔咔咔咔咔咔咔咔──」狂亂的性感女郎很快已經爬到我前方三米之內。

「喂──!」黑暗遠處突然傳來一聲嬌叱。

聲音的主人不是 Jan 又會是誰?性感女郎應聲急停,「嗤」的一聲向前滑出了一米多,剛剛停在我的面前,然後便轉身爬了出去。

Jan 的叫聲引開了性感女郎,為我爭取了逃脫時間,暫時脫險的我完全不敢鬆懈,躡足屏息地走出奇妙世界。

我慢慢地向著門口方向前進。但奇怪的是,我看見門口位置多了一部貼紙相機。我眉頭皺了起來,走上前掀開貼紙相機的布簾,光線照進去,發現裡面並沒有靈體,但是貼相紙的出口位置卻不斷噴出貼紙相,照片上正正是錯愕的我。

還有一名白衣女孩,肩並肩靠著。

我立即環顧四下,發現根本沒有靈體,但貼紙相上面卻拍到一個十六歲左右的纖巧少女,身上穿著一條白色連身裙站在我旁邊,幽幽而立,肌膚雪白沒有一絲血色。我深深呼吸,強自鎮定心神,那時我沒有空餘時間去畏縮,Jan 還在外面,不知道情況如何。

我望了望手機，發現只剩下 45% 電量。

我心裡面假設少女是有隱形能力的白色靈體，只能透過拍照來看見她的真身。貼相紙出口位不停噴出新鮮即製的貼紙相，每出一張，我的電量就會相對地減弱一次。

照片上，少女擺出北川景子式的囧臉表情，我的表情忐忑不安。
照片上，少女吐舌頭做了個鬼臉，我的表情忐忑不安。
照片上，少女擺出金魚 G.E.M. 式「嘟嘴」的表情，我的表情忐忑不安。
照片上，少女向著我做出一個飛吻手勢，我的表情忐忑不安。
照片上，少女咬著下唇，擺出一個嫵媚的表情，我的表情忐忑不安。
照片上，少女雙手插腰擺出一個生氣的表情，我的表情忐忑不安。
照片上，少女用手指擺出 V 型手勢，我的表情忐忑不安。
照片上，少女委委屈屈地扁嘴，我的表情忐忑不安。

貼紙相機不斷噴出我和少女的貼紙相，將「貼紙相少女」變化多多的表情和動作表露無遺。每張相上面，我的表情都是千篇一律，跟貼紙相少女青春活潑的表情有很大的違和感。

死到臨頭的我，還在研究著貼紙相少女的影相甫士。

電量：40%

　　既然是因為被拍照才會降低電量，那我走出貼紙相機應該便會無事吧，我心中思忖。正當我打算向後退的時候，貼紙相出口位出現了一張塗鴉過的貼紙相。

「Thank You!」一張寫上了感謝字句的貼紙相合照，少女在這張貼紙相露出一個滿足天真的笑容。然後貼紙相機便再無彈出任何貼紙相了。

　　　　電量：40%
　　　　電量：40%
　　　　電量：40%

　　望著保持不變的電量，我確定白色靈體已經離開了這裡。或者貼紙相少女只想有人陪她影貼紙相，作為毒男的第一次，這樣便給了一個素未謀面的靈體，心情有點複雜。

　　怎樣都好，這貼紙相始終很值得紀念，於是我走上前，俯身拾起寫有感謝字句的那張貼紙相，放進褲袋裡。隨即，我用念力移開門口的貼紙相機，屏息靜氣地走出奇妙世界。黑暗裡光亮處，我看見 Jan 站在奇妙世界的門口，臉上有焦急之色，四處張望著，明顯擔心著我。

　　但當她看見我平安無事的時候，臉色也從最初帶著憂慮，回復到一副冷漠樣子。我雙手合十作出道歉手勢，然後和她一起離

開 L9。每走一步，我的臉便變得愈漲紅，我一直閉著氣，臉都幾乎成了豬肝色，連 Jan 也開始面露難色。

　　沿途經過公共交通工具模型專門店、買嘢王，我終於忍不住大口大口地呼吸，性感女郎好像沒有追上來，因此我和 Jan 都鬆了一口氣，就像一直身處重壓之下突然獲得解放似的。

　　脫險之後，Jan 白皙的手伸了過來，指間夾著一條電源線，一直連接到她的小斜背包。

「我將房裡面嘅尿袋拎咗出嚟。」Jan 靜靜地說。

「唔該。」我吞了一口口水，慢慢地伸出手去接，我有大概一秒時間去考慮以甚麼手勢來接住那條電源線，由於她是用食指和姆指輕輕夾著電源線的前端，露出 USB 接頭的部分，所以只要我用兩隻手指去夾住那個 USB 接頭便安全無事。

　　雖然作為毒男，但我是一個智慧型毒男。眨眼間，一秒過去，我手指夾住了一個軟綿綿的 USB 接頭。軟綿綿？定睛一看，原來是我太過緊張，兩隻手指夾住了 Jan 的手指。

　　我們對望了一眼，正當我大腦的情緒處理區域正要產生尷尬情緒之際，Jan 如觸電般縮回手，我及時接住了電源線，然後各自裝作沒事般四處張望。

BUSTLING LONG HO MALL

「咳咳咳，華仔⋯⋯Sara 喺邊呀？」我吶吶問道。

「*汪汪——*」華仔一直走在前頭，透過繩子把我牽拉著走。

我將手機連接上電源線，源源不絕的電量不斷傳輸過去，同一時間一股溫暖的感覺遊過全身，竟是無比暢快。

電量：充電中！

然而，我和 Jan 之間的那條電源線就像是月老的紅線一樣，牽繫著我們，令到我們一直保持著尷尬的距離。我們慢慢躞步，互相遷就著對方的步速，宛如發展每一段感情之前的適應期，如果其中一方加快或放慢腳步，彼此的距離就會拉開，最後，連結亦會斷開，從此失去牽絆。

所以我和 Jan 始終保持著一定的距離，慢慢地建立感情，不對，為甚麼我會想這些！明明我心中只有初戀情人一個，即使 Jan 美得像神仙姐姐般我都不會變心的！

走著走著，光線所照範圍赫然出現一個巨大的女性人頭。

「嘩！」我嚇了一跳，忍不住叫了出來。

定了定神，再仔細看清楚時，發現那是 Angelbaby 的臉。原來不經不覺之間我和 Jan 已經來到 Baby's Cafe 的樓層，剛才嚇

到我的正是 Angelbaby 的海報。這時候，華仔用力的拉扯牽繩衝了進去 Baby's Cafe 裡面，內裡黑漆漆的一片，深不見底。

「汪汪——」我用光線照著牠，看見牠走近一個裝滿狗糧的食物盆，開始狼吞虎嚥起來。

「華仔？Sara 呢？」我疑惑地問。
「⋯⋯」華仔只顧著吃東西，沒有回答。

「哦，原來係咁。」我驚嘆道，臉上一副恍然大悟的表情，那是因為地上有張黑色的卡片，壓了在食物盆的底部，上面寫著：

「呵呵，希望華仔會喜歡我為牠準備的食物。By the way，讓 Sara 自己一個人冷靜下吧。

Moon 謹上」

Moon 有心要我找不到 Sara，所以才用食物把華仔引到這裡。豈有此理！華仔，出賣我！

一想到 Sara 自己一個人孤伶伶在外面，還有機會遇上危險，而且一切都是由我造成，長期壓抑的情緒終於衝破胸腔：「啊！！！」我自責之下在牆上狠狠的踹了一腳，令到 Baby 的「靚靚下巴仔」多了個鞋印。

「咕嚕咕嚕——」肚子忽然傳來一陣咕咕叫，提醒著我一整天沒吃東西了。

　　雖然飢餓會對電量有影響，但是我一心只想盡快找到 Sara，其他一切彷彿都不再重要，正想繼續往上走之際，Jan 徑自走進了 Baby's Cafe。

「我肚餓喇，入去食啲嘢啦。」Jan 淡淡地說，一如往常的沒有表情。由於我和她之間連接著一條電源線，所以我馬上跟上她的腳步，以免電源線斷開。

「我唔餓，我要搵 Sara。」我邊走邊說。
「你要一個女士陪你一齊捱餓？」
「⋯⋯」我不想留下 Jan 一個人在這裡，亦不想她陪我一起餓著，只好被迫妥協，吃過東西再出去找 Sara。Jan 透過電源線牽著我來走，驟眼看去就像主人遛狗般，幸好這裡沒有其他人，否則真是羞也羞死了。

「汪汪——」華仔也跟了進來，我和 Jan 坐在一張二人桌，然後我便用念力把餐牌上的意粉、牛排、焗飯等等自動烹調出來。

　　有時候我會想，我用念力後並不會減少電量，亦不會讓身體疲倦，那使用念力的代價到底是甚麼？

SAVE >

　　食物弄好後，瞬間飄盪出濃郁香味，我把手機擱在桌上，利用微弱的屏幕光線來照明。Jan白蔥似的手指從麵包撕下一小塊，放在嘴邊嚼了起來，舉止十分優雅，表面上看似一個高貴大小姐（可是內裡卻是⋯⋯）。她似乎注意到我的目光，轉眼看來，我的心跳忽地加快，立即移開目光不去看她，低著頭把牛排切成一塊塊，然後叉起一塊放入口中，大口大口咀嚼，舌尖品嘗到牛扒的肉汁豐富、肉質軟嫩，滿足、喜悅以及感動，都衝著這美味而來。透過電源線牽繫住的我們，就是這樣慢慢地享用被困第三日的早餐。

「其實，我哋有冇機會出返去？」我一邊吃一邊問道。

「⋯⋯」她輕輕嚼著麵包，沒有回答。

「你有冇諗過出返去之後，第一時間做咩？」

「冇。」

「哦⋯⋯」

「要唔要喺一個約會？」

「咩話？！」我忍不住心頭為之一震。

「我每小時嘅收費係一百萬元正。」Jan認真嚴肅地説。

「唔使喇！唔該！」我斷然拒絕。

　　先不說Jan的收費高得嚇死人，就算是正常約會我也不會答應，因為我心中已經容納不到另一個人。但是我有點在意的是，Jan永遠不會透露出自己真正的想法，感覺她在隱瞞些甚麼。

　　接下來誰都沒有說話，場中的氣氛一時有些尷尬，再過了一會，我主動打破沉默，說：「我打算搵返 Sara 之後，試下用我嘅力量離開呢度。」

「例如？」她平淡地問道。
「例如用念力喺外牆度開個大窿。」
「你仲未搞清楚？受影響嘅唔只係呢度，連外面都係漆黑一片，界你出到去外面又點？」
「你都啱……」

　　正當我思考著其他可行的方法時，門外傳來鏗鏘有力的歌聲，粗獷的嗓門與激昂的感情，強行地演唱出格格不合的可愛歌詞。

「咁咁咁踏著步～♪」
「我咁咁咁覓著路～♪」

　　赫然是，追星小子的歌聲！

「霎霎下喂又夠鐘～♪」
「拎起袋袋叠叠下我又上工～♪」

　　黑暗之中，慢慢出現一個巨大的身影，他身上散發出紅色的光芒，在黑暗中是如此的耀眼奪目。此刻，他正在門外徘徊，手上拿著一個少女波點雜誌袋，一邊「掏掏下」，一邊用粗糙的聲音

SAVE >

唱歌。

　我感覺自己心跳愈來愈厲害，全身不自覺地顫抖。Jan 一手將我拉到她那邊，躲藏在桌子的下方。

「你説我肥　然後我也自覺肥～♪」她用手指指向上方，我馬上會意過來，伸手取回桌上的手機，再關掉屏幕。

「呼──」「呼──」「呼──」「呼──」我大口地喘著氣，深深呼吸，慢慢將自己的呼吸聲平息下來。

「So call me maybe～♪」追星小子停下了腳步，似乎被門口處的 Angelbaby 海報深深吸引住，眼神竟是癡癡看得呆了。

　我突然驚醒剛才踹了 Baby 一腳，她的「靚靚下巴仔」上面還留著我的腳印！今次死定了，我心想。

　追星小子慢慢走近 Baby 的海報，停止了歌唱。這個時候，華仔彷彿對門口的情況感到好奇，眼睛直盯著門口。我的心猛地跳了一下，立即伸出手捉住牠，可惜手還未伸到，華仔便如斷線風箏般向著門口奔去。

「嗯！哇啊！」追星小子突然大聲咆哮，使到桌上的餐具亦隨之震動。沉甸甸的青龍偃月刀被一下提起。

「縫──」青龍偃月刀帶著開山倒海之勢劈了下去。轟的一聲，
Baby 的海報連同牆壁被劈得粉碎，石塊橫飛。華仔被門口的巨響
嚇得跑了回來，我連忙把牠抱住。

　　眼看著門口的 Baby 海報被追星小子一刀劈碎，一時之間不
知道應該怎樣反應。接著，閃爍著紅色光芒的追星小子發出震耳
欲聾的笑聲，昂然闊步而去。腳步聲遠去之後，我鬆了一口氣，
和 Jan 一起從桌子下方走出來。

「點解追星小子會經過呢度……」我驚魂未定。
「……」Jan 整理著儀容。
「睇嚟我哋出去要小心啲……」

　　我把手機拿出來一看，發現已經是早上十一時正，電量還有
20% 便充滿。

「畀你部手機我吖。」Jan 冷不妨說道。
「哦……好呀。」我把手機遞了給她。

　　只見她打開手機的相簿，不發一言地滑著我拍下的照片。我
有點拘謹，雖然我光明磊落，沒有不見得光的照片，但想知道為
甚麼她要看我的手機相簿，於是問道：「做咩事？」

　　Jan 打開了「相應的憎恨已經萌生」，即是很多人臉的那張油

畫。

「呢張相係幾時影㗎？」Jan 平靜地問。

「第一日囉⋯⋯影完之後就聽到你慘叫。」我如實地説。

「喺呢張畫出現之前，你做咗啲咩？」

「我咪同 Sara 一齊周圍調查囉。」

「仲有呢？」

　　腦海中閃過無數回憶片段，道：「張畫出現之前我去過 LOG-OUT⋯⋯無良印品⋯⋯仲有味干拉麵⋯⋯食飯。」

　　Jan 沒有説話，我再補充道：「用念力煮飯。」

　　Jan 再用手指劃過手機屏幕，打開了「**正與負**」的相片，緩緩地説：「睇嚟 Moon 冇呃你，青色靈體會唔會出現，完全係取決於你。」

「吓？」我怔了一怔。

「你用念力嗰時既唔會消耗體力，又唔會消耗電量，係咪？」

「嗯⋯⋯」

「你用完念力之後先出現靈體，係咪？」

「好似係⋯⋯」

　　我登時反應過來，卻如醍醐灌頂般，全身都出了冷汗。沉澱

已久的謎團，終於真相大白。

　　靈體，是使用念力的副產品。一切都説得通了，隨著我使用念力的次數變多，靈體的數量也隨之變多，而且愈來愈強。而且，正因為我肆無忌憚地使用念力，所以連紅色靈體都出現了。我沉默了下去，彷彿需要很大的力氣才能消化這個真相。

　　「相應的憎恨已經萌生」

　　通天廣場那張油畫在我腦海中揮之不去，強烈地提醒著我，所有東西都是我弄出來的。

三胞胎的出現，是因為我之前用了念力來煮拉麵。
戲院靈體的出現，是因為我之前用了念力來弄早餐。
錄音帶靈體的出現，是因為我之前用了念力來搬爆米花機。
追星小子的出現，是因為我之前用了念力摔爛了一部錄音機。

　　是我創造出它們，令到大家差點死在我創造的靈體手上。我無力地靠著椅背，低聲問道：「咁 Sara 同 Moon 呢？」

「佢哋嘅出現條件應該比較特別，但大致上都係由你創造出嚟。」她回答。

「所以當我用完念力，呢度就會累積負能量，『正與負』就係咁嘅

SAVE >

意思……然後負能量就會變成靈體……」我喃喃道，面色都白了
幾分。

「我同你係一樣。」Moon 意味深長地說。

「生日快樂　今天是你的生日　希望你跟他過得愉快」

「他就是我的聖　我因著他的旨意而存在」

　　Sara（Red）和 Moon 都是由我創造出來……我心中自責極深，
如果我沒有依賴念力，今時今日便不會落得如斯田地。

「如果我有用念力……大家就唔會遇上危險……」

「噚晚紅色靈體已經出現咗……而且頭先我又用咗念力……」

　　我身子抖了一下，一絲不好的預感，甚至是一股惡寒，從我
深心間泛起，整個人像是置身於無底冰窖。最終，青色靈體會出
現。

　　我不敢想象接下來還會發生的事情。只是，即使知道我是一
切事件的始作俑者，Jan 的臉色表情卻一點都沒有變化，聲音還
是平淡如止水。

「走未？你唔係要搵 Sara？」她說。

「……」我沒有回答。

「陳海藍，事到如今你自責都無用，不如諗下點樣去面對問題。」
Jan 平靜地說。

「……」

「陳海藍。」

「……」

「啪——」還沒來得及防備的情況之下，Jan 一記耳光扇了過來，左邊臉頰立刻傳來一陣刺痛。

「清醒未？」Jan 的一巴掌將我由頹廢邊緣拉了回來，同一時間，腦海深處嗡嗡作響，曾幾何時的記憶，開始在我內心甦醒過來。

那是在自修室，纖細得彷彿輕輕一碰就會損壞的短髮少女。那是一個深深鏤刻在心間的身影，多年來都不曾有絲毫淡忘。然而，眼前 Jan 的身影，竟然跟記憶中的她重疊起來。

我心頭一震，然後將手慢慢舉起，用手掌遮住 Jan 的下半邊臉，只露出她一雙眼睛。只見那一雙明亮的眼眸，和記憶中那魂牽夢縈的一雙眼睛，就離我咫尺之遙。我的肩頭微微顫動，一股從內心深處迸發出來的激情湧上心頭。

「你、你係……」忍不住失聲叫了出來。

她不太驚訝於我的反應，只淡淡地問道：「你而家先認得返我？」

「你當年短頭髮，加上戴住口罩，所以我到而家先認得你……」

我吶吶道。

「哼——」Jan 一聲冷哼，帶著薄薄怒意，然後把目光移了開去。

那個愛慕已久，幾乎到朝思暮念地步的人，竟然就是 Jan！我張開了嘴巴，卻發不出一點聲音來，即使有千言萬語在腹中，最後都只化作無聲。

「點解你會喺度……唔通一切都係巧合……？」我呆呆的問道。
「當然唔係巧合。」一道甜美的女性聲音，忽然從後方傳了過來，我心頭又是一震，轉身看去，只見那黑暗的深處，一個被紅色光芒輕輕籠罩住的身影緩緩現身，明眸中眼波如水，穿著一身藍色衣服，對我來說再是熟悉不過的真光校服，只是面色不知怎麼看去有些蒼白，不是 Sara 又是何人？

我身子抖了一下，那熟悉的美麗容顏映入眼簾，如鮮花綻放，嬌艷無雙，那個轉眼即逝的片刻，竟像已過了一萬年般。我怔怔地，看著她。然後她一步又一步的，慢慢走近。

眼見她重新出現在我面前，我彷彿放下心中一塊大石，說：「Sara！好擔心你，你做咩自己一個人跑出去……」
「你擔心我？」她呆呆地問道。
「當然擔心你！你有冇事呀？呢度好危險！」

Sara 笑了笑，道：「冇事，我會有咩事？」

「出面好危險，快啲同我哋一齊……」

「一齊？」

「係呀，我哋係同伴嚟㗎嘛！」我說。

「但係，我已經唔需要你哋陪我。」Sara 轉過身子，背對著我們，蔥白修長的手指撩著頭髮。

我將她的神情看在眼內，感覺氣氛有點異樣，正當我遲疑之際，Sara 從黑暗中取出一個人形玩偶。她重新轉過身來，嫣然一笑，說：「因為，我已經有人陪我喇。」

穿著藍色衣服的布偶，高約一米，一眼看去，竟有九分像我。我心中愕然，大吃一驚。

「佢係小藍呀。」Sara 抱著布偶，甜絲絲地說。

「佢絕對唔會離開我，亦都唔會唔要我。」

「而且，佢仲深愛住我。」Sara 抱緊了小藍布偶，並把臉貼上去，像小貓一般磨蹭著。

現場登時被蒙上一層詭異的氣氛。由於眼前的畫面太過詭異，我已經無法作出任何表情，亦沒有任何回應。Jan 站在我身旁，默不作聲。

半晌之後，我戰戰兢兢地問道：「Sara……你……係咪發生咗咩事？」

SAVE >

「Blue，你望清楚佢隻眼。」Jan 壓低聲音地説。

「啊哈哈，啊哈哈哈哈！啊哈哈哈哈哈哈哈哈哈哈哈……」發笑。發笑，發笑，發笑，發笑，發笑。Sara 瞪大血紅色的瞳孔，幾乎陷入瘋狂地笑著。

「我最討厭陳海藍！！！」Sara 突然一聲大喝，隨即亮出一把寒氣迫人的小刀，將小刀徑直刺向我的小腹。

鮮血如噴泉般飛濺出來，點點殷紅，落在她白晢的臉上。

「哇哇哇！終於要出手啦！」Sara 手上的小藍布偶突然發出勝利般的吶喊聲音。

我難以置信地看著不停出血的傷口，倒在地上，再也站不起來，電源線也隨之而鬆脫。

電量：65%

被鮮血濺了一臉的 Sara，用手指擦掉臉上的血跡，然後放進嘴裡吸吮。

「係我深愛嘅人嘅味道……」她臉上泛起一陣紅暈，看起來十分沉醉。

「喂喂喂，咁樣對佢會唔會過份咗啲？哈哈哈哈！」小藍布偶再次發出聲音，但那聲音不像是人類發出的聲音，比較像是電腦合成出來機械人聲音。

「係咩？」Sara 目光流轉，水汪汪的像要滴出來似的，幾乎以為她是個天真無瑕的少女。

「哼，睇嚟你身心都已經墮落成靈體嘅真正形態。」Jan 冷冷地說。

　　Sara 的目光落在 Jan 的身上，嘴角露出了一個淡淡苦澀的笑容，道：「真係令人羨慕……」

「本來你嘅位置係屬於我，但係點解，點解我只可以企係 Blue 嘅對面。」Sara 委屈地說。

「造成今時今日咁嘅局面係因為你呀，Sara 豬。」小藍布偶笑嘻嘻地說。

　　身下的地板被染成紅色，衣衫也被血液浸濕。

　　電量：60%

「其實我都唔知道點解件事會變成咁，但係呢，我其實都唔想知

SAVE ›

道點解會變成咁。」說完，Sara 輕輕挪動了一下身子，望著倒在血泊的我，疑惑地問道：「好嘞，我應唔應該殺咗陳海藍呢？」

「你唔會心痛咩，哈哈哈哈。」小藍布偶回答道。
「會㗎，但係佢繼續生存嘅話，一定會有女朋友之類，如果每一次都要失戀嘅話，咁實在太痛苦喇。」

「咁長痛不如短痛？哈哈哈哈。」小藍布偶嘻皮笑臉的說道。
「可惜，你冇咁嘅機會！」Jan 突然提高聲音，猶如斷冰切雪，清脆悅耳，打斷了她們的對話。

「哼──即管睇下點！」Sara 一聲冷哼，層層紅色殺氣，無形而彌漫過來。

「殺咗佢！殺咗佢！」小藍布偶發出猙獰的聲音。

場中氣氛突然緊張到劍拔弩張的地步，我強忍著痛楚掙扎站了起來，擋在她們之間，說：「Sara……你點解會變成咁……我識嗰個 Sara 唔係咁樣……」

「呢個就係我嘅真面目！」
「之前嘅你……一直都係扮出嚟嘅？」
「冇錯，我一直都係假扮出嚟，我根本唔係啲哋天真善良嘅少女，其實三番四次想搵機會殺咗 Jan 佢！」

「唔通、唔通你連鍾意我都係假⋯⋯？」

「係！我唔鍾意你！最憎你！」一言未落，Sara 全身紅光大盛，就連一雙深深的眼眸也同時亮了起來，閃現出殺伐的血紅之色。

　　下一刻，她拔出小刀向我刺過來！

「停手！」Jan 的聲音從身後傳過來，伴隨著她鞋子踏在地面的聲響，由遠及近，正趕上前救我。

　　我心念一動，立刻發覺不妙，Jan 這樣走上前來，很可能會被 Sara 的小刀刺傷！然而，我也不忍心對 Sara 出手！

　　就在這生死關頭、間不容髮之際，我縱身上前，主動迎上 Sara 的小刀，「噗」一聲輕響，讓刀鋒深深透入心臟。

「電量不足，你裝置的電池電量還剩 15%，請將裝置連接至充電器。」

　　一股森森的寒意順著血液傳遍全身，Sara 一張臉幾乎立刻慘白，整個人都抖了起來，拔出小刀之後，只見刀鋒殷紅一片，傷口血如泉湧。在我最後失去意識之前，用盡全身最後力氣把 Sara 擁入懷裡。

「Sara 你真係好唔擅長講大話⋯⋯」我嘶啞著聲音說完最後一

SAVE >

句，然後便閉上了眼睛。

　　再次張開眼的時候，眼前有淡淡的光華，照亮了周圍的地方。然後我看到了 Jan 的目光，就算她一向清冷的臉龐上，也露出淡淡一絲欣慰。此刻，我的身體被她抱在懷中，手機連接著移動電源，胸口、小腹的傷口幾乎已經不痛，只是身上衣衫沾滿血跡，十分駭人。我下意識地轉眼望去，很快就看到了 Sara，她臉上神色淒苦，明顯心中十分難受。

「Sara⋯⋯」我低聲道。

「對唔住。」Sara 的眼眶中淚光盈盈，瞳孔已變回黑色。

「唔關你事，係我唔啱，我唔應該掉低你。」我淡淡一笑。

　　她哭著搖頭，説：「我傷害咗你！我唔配留喺你身邊！」

　　Sara 轉身就走，我立刻從 Jan 的懷間滾了下來，一把握住她的手腕，説：「我唔會再畀你喺我面前消失！」

「你畀我走⋯⋯我冇面目見你⋯⋯」她抽噎地説。

「你哋兩個繼續喺度拉拉扯扯，我行先。」Jan 拋下這句之後，徑自打開手機電筒光線離開了 Baby's Cafe，往上方樓層走去。

　　看著白色的身影漸漸遠去，我急得如熱鍋上的螞蟻，就在這個時候，下方的樓層又再傳來熟悉的歌唱聲音：「攞起袋袋快快

脆我雞咁腳～♪」

　　我聽在耳中，猶如驚弓之鳥，立即拉著 Sara 和華仔轉頭就跑，快步跟上 Jan 去了。

「Sara，你再走咗去我真係會嬲你。」我說。

　　她慢慢止住了哭泣，低聲地說：「咁、咁我唔走……」

「同埋你唔准傷害 Jan。」
「……」她聽了，臉色立刻沉了下來。

　　光線範圍出現紫蔥頭、模型舖，我們慢慢上到 L12，幸好一路上沒有看見其他靈體，追星小子的聲音也逐漸小了，似乎沒有跟上來，只是 Jan 和 Sara 在途中一直針鋒相對，罵個不停。

「Sara 你鍾意食元寶定蠟燭多啲？」Jan 一副好奇的問道。
「我勸你講嘢客氣啲，如果唔係 Blue 阻止我，我一定將你煎皮拆骨。」Sara 恨恨地說。

「你淨係得呢句？經常將同一番說話掛喺嘴邊，角色定位會慢慢變得薄弱喔。」Jan 靜靜地道。
「你唔，跟蹤狂嘅角色定位比較強烈。」Sara 微笑道。
「總好過拎住個公仔自言自語。」

Jan 依然面不改色，Sara 連臉色都白了幾分，帶著惱怒的大聲道：「死八婆，或者我應該同 Blue 講一講你嘅事！」

「你可唔可以安靜少少，等陣，唔通靈體都有經期？」
「你講咩話？！！」

她們的爭吵愈演愈烈，我終於忍不住開口調停：「大家一人少句啦好嘛，再嘈落去可能會引起靈體注意，同埋 Sara 你頭先講咩跟蹤狂……」話説到一半，光線照到前方地板微微隆起，好像有甚麼要破地而出似的。

緊接著，便聽見「咔」的一聲，一道裂縫猛的從那塊地板出現，然後一株小小的幼苗便從縫間探出頭來。那株幼苗以肉眼可見的速度快速生長，慢慢的，長出了一朵青色的花朵，徐徐綻放。那枝花除了青色之外便無其他顏色，就連花瓣、花蕊都是青色的。

雖然地上冷不防地竄出一枝青色的花有點奇怪，卻不至於使我驚訝。沒有把你殺死的東西讓你變得更強，經歷完這幾天的恐怖事件，我的神經已經相當的堅韌，這個時候就算是雙馬尾武則天出現都嚇我不到。半晌之後，我才想起甚麼，一股惡寒頓時從心中泛起，連牙關都打著冷戰，發出格格、格格的聲音。

「青、青色……」我被嚇至口齒不清，嘴部肌肉完全不能控制。
「哎呀，成個靈體家族嘅成員終於到齊。」Jan 彷彿完全不當青

色靈體是一回事，竟然開起玩笑。

「典⋯⋯點⋯⋯算⋯⋯」我結結巴巴地説。
「唔使驚，我唔會畀佢傷害到你。」Sara 對著我，斬釘截鐵地道。

「某人當初連紅色靈體都打唔贏，而家竟然有自信抵擋青色靈體。」Jan 輕輕笑了笑。

　　面對 Jan 的冷嘲熱諷，Sara 卻是無言以對，連眼神也顯得黯淡下來。Jan 所説不無道理，Sara 連同級的追星小子也敵不過，更遑論比追星小子高一級的青色靈體。而且禍不單行的是，現在我連念力都不能用，單是紅色靈體已經十分難對付，要是連青色靈體也出現了，不由得令人有絕望之感。

「既然係咁，不如我哋搵個地方匿埋。」我説。
「咁我哋匿喺邊度？」Sara 問道。

　　我將光線小心照向四周圍，隱約看見前方十步距離之內的 DVD Warehouse。

「不如匿喺 DVD Warehouse？面積比較大，而且好多貨架可以畀我哋藏身。」
「好。」Sara 點了點頭。
「⋯⋯」Jan 沒有回答，但徑自往 DVD Warehouse 方向走去，

SAVE >

似乎也同意這個建議。

　　隨即，我們三人加上華仔便進入了 DVD Warehouse，躲了在最深處的貨架後方。

　　四周圍一片寂靜，似乎誰都不敢說話，只有冷氣出風口送出的凜冽空氣，呼嘯作響，使到氣氛變得更加壓抑，令到我感覺有些寒冷。

　　「點解啲冷氣好似凍咗咁？」我感到寒風透骨，身體不由自主地打著寒顫。

　　「嗯……」Jan 少有地同意我，看來不只我一個人感到寒冷。我本以為只是冷氣溫度急降，但我發現自己錯了，因為眼前竟然飄著雪花。

　　塑濠商場，下雪了。

　　光線之下，只見白茫茫的雪花慢慢地由天花板飄落地上，漸漸形成一層薄薄的積雪。此刻，誰都知道情況不對勁，但是沒有人知道是甚麼原因令到商場下雪，也不知道應該怎麼辦才好。

　　「哈啾——」Jan 上身只穿了一件單薄的短背心，女兒身始終耐不住寒冷，忍不住打了個噴嚏。剛好我一直背著昨天在 Adadas

搜括回來的男裝衣服，我立刻像是「包粽」般替她披上衣服。

「唔、唔該。」一身五顏六色男裝衣服的 Jan 客氣地道謝。

　　Sara 看在眼中，兩道柳眉慢慢的皺起來，然後説：「我又要！」

「你都凍⋯⋯？」我疑惑的問道。
「當然啦，哈啾──哈啾──哈啾──！」Sara 一連打了幾個噴嚏，很明顯是裝出來的。
「好啦好啦⋯⋯」我苦笑一聲，沒有理會這麼多，同樣替 Sara 披上衣服。

「嘻嘻，唔該。」Sara 臉上泛起了淡淡紅暈，臉帶笑容的看著自己，我心頭忽地一陣激動，立即移開目光，隨便找些事情來說：「搞咩呀，聖誕都未到，點解會落雪。」

　　我把光線往上方照去，發現風雪一直由冷氣出風口吹進來。不斷吹進來的風雪四處飄散，白霧茫茫，令到眼前甚麼都看不清，連手機光線都變得可有可無。

「哈啾──」我一直只顧著她們，反而忘記自己身上只穿了一件運動外套。

SAVE >

　　隨著風雪愈來愈大，附近的溫度也不斷下跌，即使沒有溫度計，我也肯定這裡的溫度已經跌破零下十度。

　　忽然之間，一雙溫柔的手，悄然無聲地環住了我的腰。那一刻，風雪的聲音，全世界的聲音，都彷彿消失了。只有背後的一個美麗女子，將我溫柔地擁抱入懷，緊緊不放。

　　「唔好擰轉頭，取、取暖。」Jan 急道。我沒有任何動作，除了輕輕把她的手握在掌心。她的體溫若有若無地傳來，傳進自己的身體，溫暖了整個深心。

　　就算沒有明天，就算等著我的是無盡黑暗，彷彿只要心間溫暖，便甚麼都不會害怕。驀然間，一陣悸動在心間迴蕩，長久都未能平靜。

　　彷彿在內心深處，有甚麼東西在澎湃、在激動，忍不住便脫口而出：「Jan，我、我……」

　　「……」Jan 默不作聲。

　　「其實我一直都、一直都……」話未說完，我心中驟地浮起一陣寒意，愕然轉頭看去，卻是 Sara 恨恨的盯著我，瞳孔已經完全變作紅色！

　　我嚇得身子都軟了下來，一時之間不知如何是好，只見她愈來愈怒，正要發作，可是就在此時，附近一陣細微低沉聲音響起。

「嘶嘶──」「嘶嘶──」「嘶嘶──」

然後，Jan 白皙的手也縮了回去。

「咩聲？」我低聲問道。
「有人行緊過嚟。」Jan 道。

　　風寒透骨，吹在我們身上，從頭直冷到了腳。黑暗深處，漸漸響起了腳步聲。

「嘶、嘶、嘶……」
「嘶、嘶、嘶……」
「嘶、嘶、嘶……」

　　我的目光緩緩移動，覆滿雪的地面上，出現了一串串掌印、腳印，不知是甚麼東西正爬向我們。然而，光線往四周照去，卻看不見有人在！

　　我趕緊拿出手機一看，發現電量正不斷下降：
85%
80%

75%

　　一顆心頓時往下沉去，還未反應過來，便感覺有東西爬了上來，在身上留下一排白色的掌印。

「啊！」我驚呼了一聲，即使用力掙扎也無法掙脫，Jan 一臉焦急，立刻就跑了過來，但很快的她身上也出現一個個白色的掌印！那個瞬間她向後跳起，把她身後的那看不見的東西壓在牆上。使勁地，壓了上去。

「噗——」Jan 的後背砸上牆壁，那夾在中間的東西已經消失。

　　同一時間，我被身上那個東西掐住了脖子。

「啞⋯⋯」我驚愕得睜大眼睛，頓時無法呼吸，一臉憋得通紅，隨即用力地拍打掐住著我的無形之手，那手卻是絲毫不動，力度更是收緊了幾分。

　　忽然聽得一個女子聲音大聲叫道：「放開 Blue！」只見 Sara 一閃而至，一雙白皙的手伸到我面前，硬生生把那無形的東西從我身上扯下來，然後用柔道中背負投之類的招數把那東西重重地摔向地上，使得雪地上出現一個深深的人形坑洞。

　　眼見那東西再無動靜，她緊緊抓著我的手，擔心的問道：

「Blue 你有冇事呀？！」

「咳咳……冇事……」

「冇事就好啦！」她一下子撲進我的懷裡，柔順地偎貼著我，我吞了一口口水，只覺臉上有些發熱。

目光不自覺向 Jan 那裡看了一眼，只見 Jan 一雙冰冷目光不知何時盯在我的身上。我當即噤若寒蟬，不知該如何是好，就在這時，一片黑暗之中忽然亮起了一道幽幽的青色光芒，在距離地面數呎之高的地方閃爍不停。

猶如像青色靈體的指示燈一樣，在黑暗中輕輕蕩漾，慢慢接近我們。還未說話，便覺得一陣寒意襲來，嘴唇微微顫抖，腦中滿是有關的青色靈體的想象。

「邊個？」Sara 擋在我身前，一股殺意如利刃般滲了出來。

前方的青色光芒愈來愈大，離我們愈來愈接近。

「我哋冇可能打得過青色靈體，快啲走！」我急道。

「汪汪──」華仔突然向著青光吠了一聲。

「邊個話我係青色靈體？」光線照射之下，映入眼簾的卻是鮮血滿臉的 Moon，左手提著一個油燈，閃爍著幽幽青色光芒，病態蒼

SAVE >

白的右手，則輕輕揞住了右眼，指間滲出鮮血，點點殷紅卻使他的容顏更顯妖豔。

他虛弱地站在狂風暴雪的黑暗之中，身上黑色衣裳獵獵作響，十分勉強地保持身體站立。

「嘩⋯⋯你、你有冇事？」我看著眼前傷得不成樣子的 Moon，一時之間竟然忘記了他是黑色靈體，把他當作了我們的同伴。

「對唔住，嚇親你。」Moon 虛弱地說。
「你右眼好似傷得好嚴重⋯⋯」
「眼珠冇咗。」Moon 向著我苦笑。
「唔好俾佢呃到。」Jan 護在我身旁，像是貓媽媽守護著自己的小貓兒似的。

「呵呵，緊張嘅小 Jan Jan 真係可愛。」
「放鬆啲，我只係嚟畀樣嘢你哋。」Moon 再說。

淡淡的青光把滿臉鮮血的 Moon 照得十分詭異，又青又紅的，他把油燈放在地上，騰出左手從漲滿的大背包裡取出一個玻璃眼球，並遞了給我。

「將呢樣嘢留喺身上面。」Moon 淡淡地說，語氣跟以前的挑逗煽情大相逕庭，現今只是沒有起伏的平淡聲線。

「眼球？」我疑惑地問道，不敢接下玻璃眼球。

「你遲啲會有需要用到……」

「哦……」我伸手接下染血的玻璃眼珠，無意中觸碰到他冰冷得像沒有體溫一樣的手，然後迅速把手收回來。

「你搞成咁係咪因為青色靈體？」我問道。

「哦，原來你已經知道咗。」

「你明明係黑色靈體，點解會俾佢傷到？」

「一時大意就搞成咁……」Moon 又是苦笑一聲。

「青色靈體有啲咩能力，大雪係咪佢搞出嚟？」

「我只能夠同你講青色靈體叫做『冬青娘』，佢嘅能力的確同大雪有關，小心啲唔好凍親。」

「點解你要三番四次幫我哋？」我又問道。

「因為劇本冇咗主角就唔可以再演落去……」Moon 說完之後便重新提起油燈，轉身離去，漲漲的大背包裡不知道還放了甚麼東西。

「喂，究竟咩係劇本？」我追問著。

他回眸一笑，沒有回答我的問題，只對著 Sara 說：「Sara，記得好好保護 Blue。」

「唔使你講我都會。」Sara 淡淡地說。

SAVE >

　　Moon 沒有再說話，然後消失在一片漆黑之中。就是這樣，負傷的 Moon 就這樣離去，一切來得太過不可思議。

　　我用手機光線照著手上的玻璃眼球，仔細觀察玻璃眼球有甚麼特別之處，但發現只是一個平平無奇的玻璃球，只是外形有點像眼球。玻璃小球的表面染滿 Moon 的鮮血，但轉眼間已經凝結成霜狀冰晶。

　　既然這隻不是他的眼球，那他的右眼究竟去哪了？青色靈體又為甚麼會襲擊黑色靈體？

　　「哈啾——」寒風凜冽，臉就像被刀割一樣冷得難受，我忍不住又打了個噴嚏。

　　漸漸地，意識變得模糊。不知過了多久，我慢慢醒來，揉了揉眼睛，還未說話，便覺得又是一陣寒意襲來。睜眼看去，暴風雪已經停止，透過薄弱光線能看見附近仍是一排排的貨架。

　　華仔此刻睡得香甜，身上厚厚的毛發揮了保暖作用，而且還在打鼾。還有 Jan 和 Sara，她們抱膝坐在我的身旁，臉色都有點憔悴。發現我醒了之後，她們臉上登時掠過一絲喜色。

　　「你醒嘩？」Jan 平靜的聲音中微微帶著關心，美麗的面容上，有幾分淡淡如胭脂般的顏色。

　　我發現自己躺在地上，不知昏迷了多久，身上披著幾件男裝外套，但不是 Adadas 的。我甩了甩頭，試圖讓自己的頭腦清醒。

「我哋仲喺 DVD Warehouse？」我問道。
「嗯，我同 Jan 鬥咗外面道閘，啲雪暫時吹唔到入嚟。」Sara 説道。

　　我隨即站起來望向門口，發現外面仍是風雪交加，狂風不斷拍打著膠閘，「啪啦啪啦」的拍打聲音，令人聽之心寒。

「哈啾──」雖然關上了膠閘勉強阻隔得住寒風，但氣溫依然低得難受。

「Jan，你頂唔頂得住？」我問道。
「你講緊笑？我作為冰雪女王，呢種溫度恰到好處。」她不帶感情地説。

「冰雪女王又會披咁多件衫喺身上？」我沒好氣地説。
「對弱智社群嘅關懷服務，以免你覺得只有自己怕凍，太過羞恥走去做傻事。」

「真係多謝晒……不過你係咪將『弱勢社群』講錯咗做『弱智社群』？」
「呀呀，原來我講錯咗。」

「嗯……知錯能改係好事!」

「其實唔係,我的確係想講弱智社群。」

「你咁講太過分喇!」我不禁翻了個白眼,不過既然她還有力氣毒舌,應該沒多大問題。

　　至於 Sara……因為她是靈體根本就不會覺得冷,所以我沒擔心她。

「我身上嘅衫喺邊度搵返嚟㗎?」我問道。

「DVD Warehouse 隔籬有間男裝店,我驚你冷親,所以喺嗰度拎咗幾件衫過嚟。」Sara 溫柔地道。

「唔該晒你……Sara,外面嘅情況係點?」我疑惑地問道。

「而家成個商場都俾暴風雪覆蓋住……」Sara 低低道。

「咩、咩話?」我差點以為自己聽錯了。

「唔使驚,我哋喺度好安全,暴風雪吹唔到入嚟。」Sara 安慰著我說。

「青色靈體……究竟係何方神聖……」我呐呐道。

　　青色靈體的本體還未出現,整個商場幾乎已經淪陷,那恐怖的力量,彷彿宣告了我們的命運。不安忽然全部湧上心頭,我的臉色瞬間變得慘白,甚至連手也開始微微發抖。

　　下一刻，Sara 握住了我的手，凝視著我的眼睛，道：「Blue，我就算犧牲自己，都唔會畀青色靈體埋到你身。」我不禁怔住，只見她的樣子沉靜，不像是開玩笑。

「Sara⋯⋯你明明係靈體⋯⋯點解為咗我可以連命都唔要⋯⋯」
「因為你係我心入面嘅唯一。」Sara 的說話，就像是一個個釘子，一字一字地釘進我的心裡。我身子一震，久久說不出話來。

　　半晌之後，Jan 卻冷笑一聲，說：「所以因愛成恨，連捅佢兩刀？」

「唔係！我冇恨過 Blue⋯⋯只係、只係見到佢同你一齊⋯⋯一時失控先至⋯⋯」Sara 愈說愈小聲，到後來更是說不下去。
「不得不承認，你嚇走男人嘅能力係 A++。」Jan 低低地、帶著一絲微笑道。

「Blue！你話畀我知，你係咪好驚我？」Sara 向我問道。
「唔驚呀！」我急道。
「聽唔聽到呀，Blue 話唔驚我！但係 Blue 知道咗你真面目之後，肯定會怕咗你！」Sara 得意道。

「真面目？咩真面目？」我愕然問道。
「唔准講！」Jan 滿面通紅，一把將 Sara 按在地上，兩人隨即在雪地上扭作成一團，互相拉扯對方的頭髮。

　　混亂之中，Sara 大聲叫道：「Jan 係跟蹤狂！佢一直跟住你入嚟塱濠商場！」

「唔係！佢講大話！陳海藍你唔好信佢！」Jan 第一次面露恐懼之色。

「大家唔好再打交喇！」我忙道。

「死八婆，食雪啦！」Sara 從地上抓了一團雪，想塞到 Jan 的嘴裡去，Jan 瞬即避開，隨即用手掌掘住了 Sara 的口，不讓她說話。

「嗯……哇！嗯——呀……」被掘住嘴巴的 Sara 還在叫嚷著，發出一些不成聲的聲音。

「你收聲呀！」Jan 怒聲叫道。

「大家唔好再打交啦好冇——」我急得如熱鍋上的螞蟻，不知如何是好。

「*汪汪！汪汪——*」從睡夢中驚醒過來的華仔，也跑了過來勸架。

　　便在這個時候，忽地門口處傳來一聲巨響。「*轟隆——*」所有人的動作頓時僵住了，轉頭看去，卻是 DVD Warehouse 的膠閘終於敵不過狂風的掃蕩，應風而倒，積雪瞬間傾瀉進店裡。

「*呼—呼—呼—呼—呼—*」風聲處處，無處可逃。暴風雪如巨浪般掃蕩著整間店舖，搖撼著貨架發出颼颼的聲音，彷彿要把一切

都凍結成晶。

眼前的景況，已經糟得不能再糟。Sara 和 Jan 漸漸冷靜下來，各自拍走身上的雪，把頭髮梳理整齊。

「不如我哋返去黑色房，嗰度可能唔受風雪影響。」我提議道。
「……」

她們兩個都沒有説話，氣氛一時有點尷尬，我把手機插在胸袋口，然後不知哪來的勇氣，我同時牽著兩人的手，一起離開了這個地方。

冷冽的寒風刮在臉上，我們在漫天飛雪的黑暗世界裡跋涉前進，一直向下層走去，腳步踩在厚厚的積雪上，發出嘎嘎吱吱的聲響。

「*哈啾──*」一路上，已經數不清打了多少個噴嚏，鼻涕一掉下來便立刻結成冰，依附在嘴唇上方的人中位置。

在非常有限的視線之下，我認出目前正身處 US 戲院那層。
「好快就返到戲院，大家頂多一陣……」我牙關打著冷戰，結結巴巴地説。

「你好快啲鬆開我隻手……」Jan 的聲音也冷得顫抖起來。

SAVE

「唔得……鬆開手好容易走散……」我道。

便在這時，光線範圍內，出現了一個女子。一個完全不受風雪影響的女子，正悠閒地看著手上一本雜誌。

她身上只穿了一件青色和服，裹著她豐腴誘人的身姿，只是她非常沒有儀態，翹腳的坐姿使到修長雪白的雙腿完全裸露在暴風雪之下。

瞬間，我一顆心幾乎要從胸口跳出來。

「你、你，你係……」我抖得語無倫次。
「Excuse me?」高亢的女聲從雜誌後傳來。
「小心。」Jan 一手將我拉到她的身後。
「青色靈體！」Sara 驚道。
「Actually，我係有名㗎囉，唔好青色前青色後，OK？」

和服女子緩緩放下雜誌，露出一張萬種風情的臉孔。她的唇是粉的，鼻是秀的，媚態橫生，然而，她的右眼卻滲出一行鮮血，左眼則只有一個深不見底的黑洞，根本不存在眼球，取而代之的是青色的鬼火在洞裡閃爍！

「嘩打 She 話，冬青娘，爹 su！」眼前的和服女子站了起來，衣衫吹得獵獵作響，左眼的青色鬼火好像在盯著我。

「你、你、你……」彷彿全身的血液全部倒流。

　　冬青娘在我們三人身上仔細看了看，卻忍不住多看了 Jan 幾眼，突然之間，冬青娘的表情轉為驚訝，然後，嘴角邊露出了一絲笑容，還用舌頭舔了舔嘴唇。

「你隻眼好靚，我好想要呀。」冬青娘用非常羨慕的目光望著 Jan 的眼睛。

　　左眼窟窿裡面懸浮著的青色鬼火，火焰驟然間變猛。目光這個詞語，能夠完全應用在冬青娘的身上。

　　不安。強烈的不安。

「頭先個男仔真係好 Handsome、好吸引，可惜我只係搶到佢嘅右眼。」冬青娘的嘴角撅了起來。

「所以，你可唔可以畀你隻左眼我呀？」冬青娘朝著 Jan 的左眼，慢慢地伸出她的纖纖玉手。卻只見 Jan 仍是動也不動的看著冬青娘，一點反應都沒有。

　　轉眼間，冬青娘的手已經近在 Jan 眼前！

　　不要啊不要啊不要啊不要啊不要啊不要啊不要啊不要啊！

不要啊不要啊不要啊不要啊不要啊不要啊不要啊不要啊！
不要啊不要啊不要啊不要啊不要啊不要啊不要啊不要啊！

「啊！！！！！！！」我失去了理智，衝上前將冬青娘撲倒在雪地上。

我和她臉與臉之間只有不到一個拳頭的距離，她眼睛的青色鬼火就在我面前熊熊燃燒著，我的臉甚至感覺一股熱氣撲面而來。

「你起碼帶下人睇下戲先啦，咁快想要人哋隻豬。」冬青娘輕輕伸手撥開了我，讓我在雪地上打了幾個滾，然而，身體被她觸摸過的地方，迅間結成了冰！

「啊！！！」我痛苦地抓住胸口，胸口肌膚連帶裡面的器官都變成了冰。

結冰的食道。結冰的胃。我劇烈顫抖的身體捲縮在雪地上，面容痛至完全扭曲。冬青娘將我視為無物，闊步向 Jan 走了過去。瞬間，紅芒閃動，Sara 急旋一腳踢向冬青娘的左肩，「啪拉」的一聲，冰碎紛飛，冬青娘的左肩崩了一角！

冬青娘的身體橫切面竟然是冰，不是血肉之軀，而是活生生的冰人。

「竟然敢傷害 Blue！我要你死十萬次！」Sara 怒道。

　　同一時間，Jan 身體躍起，一個膝撞迎面撞向冬青娘的胸口！只聽清脆的碎裂聲不絕於耳，冬青娘的身體無力地倒飛出去，重重的摔在雪地上！

「啊！！！」冬青娘痛得在雪地上打滾，大聲慘叫。

　　然後，Sara 手上多了幾把清光流轉的小刀，刷得寒光一閃，飛刀插進冬青娘的咽喉，刷的一閃又飛出了一刀，刹那間冬青娘的身上插滿小刀，死狀恐怖。

「Blue、Blue！」Sara 連忙趕了過來，將我扶起。
「Sara……」我虛弱地道。
「你受傷太重，暫時唔好講嘢。」她擔憂地說。
「喂，你身上個尿袋呢？快啲拎出嚟。」Sara 轉頭對著 Jan 說。
「接住。」Jan 冷冷地說，然後將移動電源拋向 Sara。

　　Sara 隨即將我的手機連接上電源，可是手機卻沒有反應。

「個尿袋冇晒電喇……唔緊要我扶你返去黑房，你堅持住。」Sara 在我耳邊說著。

「哈哈哈哈哈哈哈哈哈哈——」忽然，狂妄之極的笑聲，從冬青娘躺下的方向傳來，她慢慢站了起來，狂笑聲中帶著得意：「Well，我都希望你堅持得住。」她一邊說一邊拔出身上的小刀，崩掉的

SAVE >

左肩生出千絲萬縷的冰絲,慢慢地把身體修復回來,我幾乎看得傻眼。這樣的妖物,到底要殺多少次才死?

「女人係水做㗎囉,Anyway,本小姐唔同你哋玩喇。」話畢,冬青娘一瞬間化成一團霧氣,消失在暴風雪之中。

「呼——呼——呼——呼——呼——」身邊只有寒風和暴雪,漆黑一片,不見冬青娘的蹤影。

我打開手機一看,發現電量只餘下 65%,看來我受傷不輕。

「Hey!」突然之間,冬青娘的聲音再次出現。只見 Jan 的背後出現一團人形霧氣,隨著霧氣的密度愈來愈高,最終變成了一個實體——冬青娘!

Jan 忍不住微微變色,地面隨即冒出冰晶鎖住 Jan 的頸和四肢,稍有動作便會被刺進皮膚,帶來劇痛。

「Sweetheart——唔好亂郁呀——」冬青娘雪白的手臂慢慢伸過去 Jan 的左眼,只見她臉色蒼白,貝齒咬著下唇,複雜的神情似還有幾分害怕。

「Sara⋯⋯你快啲救 Jan⋯⋯」我急道。
「我點解要救佢。」Sara 冷冷地說。

「當我求下你，快啲救 Jan！」我急得幾乎哭出來。

「你係咪鍾意咗佢？」

「我、我淨係知道你哋兩個對我都好重要！求下你快啲救佢！」

　　這個時候，冬青娘的手指已經移到 Jan 的眼皮上，我情急之下，不顧一切衝上前去，誰知就在我躍起的那一刻，十幾道形如鋒銳小刀的光柱向冬青娘射了過去，紅芒閃爍，破空銳嘯，幾乎不可阻擋！

「冬青娘，個女人條命係我嘅！」Sara 冷叱道。

　　冬青娘一時有些錯愕，但也保持了沉默，臉色一凝，右手一翻，頓時漫天冰箭如彈幕般射出，精準地砸在那十幾道光柱之上，只見那些無形的光柱竟然被撞得粉碎，然而那些冰箭的勢頭卻絲毫不減，銳響聲中向我們飛來！

　　Sara 臉色刷白了，閃身護在我的身前，想用自己的身體擋下所有攻擊！

「等陣！！！」生死就在須臾的關頭，我大聲叫了出來，那些冰箭戛然而止，停在 Sara 的身前眉尖。

「我有⋯⋯眼球。」我顫抖地說。

SAVE >

　　冬青娘的青色眼光凝望著我，冰箭的寒意彷彿隔空傳來，涼遍了全身。然後，冰箭像是失去了力量，從半空中掉落在地上。她慢慢走過來，光著腳踏在雪地上留下一個個腳印。

「咩眼球？」冬青娘歪著頭，好奇的問道。

　　我不敢望向她左眼的綠色火焰，更加不敢望向她流血的右眼。而且，她的右眼根本就不屬於她。

　　我低頭望著地面，視線盡量避免跟冬青娘交接，戰戰兢兢地從褲袋摸出玻璃眼球來。

　　……
　　……
　　……

　　奇怪了，為甚麼在褲袋找不到眼球狀的物體？

「喂，你係咪玩嘢？」冬青娘眉頭一皺，臉色登時就變了，臉上神情複雜，似疑惑、又似不耐煩，更有一絲冷冰冰的殺意。

「我唔係玩嘢呀……搵緊……好快……」我頭皮一陣發麻，連忙把褲袋整個翻了出來，卻倒出一些玻璃碎片。

哪裡又有玻璃眼球？玻璃眼球不知在甚麼時候壓爛了。

冬青娘眼中滿是怒火，狠狠一跺腳，道：「既然你咁想死，我就成全你啦！」

「對、對、對唔住……」我身子大震，猛的抬頭，只見冬青娘一步一步地迫近我。

「殺咗你先！」然後，她從口中拉出一根冰刺，當胸刺向 Sara。

眼看那道鋒利的冰刺將要刺向她，附近突然傳來歌聲：「咁咁咁踏著步～♪」

「我咁咁咁覓著路～♪」熟悉的粗獷聲線、熟悉的歌詞、熟悉的靈體。在場的四人，臉上同時變色！

「Oh，又一個嚟送死。」冬青娘的臉上不禁流露出一絲喜悅之色，高舉著冰刺的手僵在半空，再沒有動作。

一個冬青娘已經夠折騰人，現在還要來多一個追星小子。上天有好生之德，求求你可憐一下我這個苦命的人。

「如迷途只需咁樣樣做～♪」激昂的歌聲加上沉重的腳步聲距離我們愈來愈近。

SAVE >

「冬青娘，你想唔想知道你右眼嘅主人喺邊？」Jan 突然開口道，白皙的臉上沒有甚麼表情，只有眼中光彩異樣閃爍。我身子一震，對她的説話也感到訝異。

「Ummmm，嗰個超級大靚仔？」冬青娘極力抑制住激動的心情，卻壓不住聲音中的微微顫抖。

「就係嗰個高高瘦瘦、孭住個大背囊嘅男人，係咪？」Jan 問道。

　　瞬間，我像被潑了一盆冷水，從頭直冷到了腳。Jan……你想出賣 Moon？黑暗中呼嘯的寒風，彷彿愈發的淒厲！

「冇錯就係佢！快啲話我知佢喺邊！」冬青娘連連點頭，激動地説。

「可以係可以，但係……」Jan 突然不説話，臉上出現難色。
「但係咩嘢！」

「咁咁咁踏著步～♪」

Jan 的手劃出了一個完美弧線，指向聲音的方向，淡淡地説：「但係嗰個人有啲礙事，你殺咗佢我就講畀你知。」冬青娘皺起眉頭，沉默下來。風雪中的四人，忽然都沉默下來。

半晌之後，冬青娘笑盈盈地說：「好啦，如果你敢呃我，我就剝咗你層皮。」

「絕對唔呃你。」Jan 沒有遲疑地說。

然後，昂藏九尺的追星小子穿過了大雪，慢慢悠悠地出現在我們的視線範圍內。

薄弱光線下的追星小子，頭頂和肩膀都有幾吋厚的積雪。原本紅如蜜棗的臉也因為天氣的關係變白，甚至連長鬍子都被風雪染成花白。但他的面容卻不失威武，怒目向我們所有人盯了一眼。

「汝等下人何干？」追星小子第一次正正經經地用古腔說話，雄渾低沉的聲線跟中國古語成為絕佳的組合，比起用來唱流行曲好上一千倍。我臉色變得凝重起來，然後冬青娘漫步到追星小子面前，抬頭望去，幽幽地道：「關公哥哥……」

「嗯？」追星小子低著頭，疑惑地打量著他面前的冬青娘。
「人哋，好想要呀。」冬青娘聲音中盡是柔媚之意，讓人骨頭都酥了幾分。
「關某乃義勇武聖，平生惡妖女！」追星小子提起關刀，重重的在地上一頓，冰碎屑即時四濺，遠近土地都彷彿震動起來。追星小子對冬青娘的媚惑無動於衷，果然有大英雄風範，受盡千年敬仰。

SAVE >

　　吃了閉門羹的冬青娘臉上笑意更濃，柔媚之色又重了幾分，哪有一絲被拒絕的窘態。但下一秒，她臉上瞬間失去了笑容，冷然道：「好想要，你條命！」

　　左眼青焰大盛！

　　隨即，冬青娘纖巧的身體向後一躍，一身青色和服隨風飄擺，然後向著追星小子的心臟吐出一枝冰箭！追星小子面對突如其來的攻擊顯得有點錯愕，但立即便架起關刀格擋來勢洶洶的冰箭。「霹咖──」冰箭撞上關刀，應聲破碎。

　　正當追星小子感到得意之際，冬青娘化作霧氣在追星小子面前凝聚成人形，露出詭異的笑容。

　　剛才冰箭一擊只是為了分散追星小子的注意力。魁梧的追星小子一聲大喝提起關刀，當頭直劈下來，將冬青娘一分為二，清脆俐落。冬青娘兩片身體隨即分倒左右，在雪地上沒有重新復原，亦沒有任何動靜。

　　只有風雪聲作伴。寒風刺骨！

　　追星小子的背後，突然詭異地出現一團霧氣，漸漸成形，現出冬青娘的身影。冬青娘的高度只到追星小子的腰部位置，她趁追星小子仍未察覺到她，手成刀形插向他的腰部。

「哇嗚！」追星小子那血肉之軀竟如豆腐般被冬青娘徒手插穿，他身子大震，痛苦得叫了出來。

冬青娘迅速拔出染血的手，再一次貫穿追星小子的腰部。

「嗚！」追星小子轉身揮動大關刀，但因為二人身高的差距，刀鋒只從冬青娘的頭頂掠過，冬青娘深明自己身高的優勢，轉眼間又化成一團霧氣，如鬼魅般出現又消失，在他身上留下一個個血洞。健壯如牛的追星小子單方面被她蹂躪，全身浴血，相信不用一分鐘的時間便會被她活生生弄死。負傷的追星小子苦苦支撐著身體，鮮血流個不停，止都止不住。

他咬牙切齒，臉上強行擠出笑容，說：「玉可碎不可改其質，竹可焚不可毀其節。」說完以後，追星小子大喝一聲，周身紅芒大盛，將附近的積雪快速融化，顯現出 US 戲院的入口。

「妖女！！！」追星小子的頭髮不斷變長，一直長到地面，連顏色也變成紅色！

追星小子完全狀態！髮長到地的追星小子揮舞大關刀，剎那間，平地刮起一陣大風，吹得我臉上陣陣生疼。

「哈哈哈！垂死掙扎！」冬青娘的聲音像是千里傳音般傳來。轉瞬之間，冬青娘突然出現在追星小子面前，躍起一記漂亮的旋踢，

SAVE.

直奔追星小子的面門。

　　大出所料，追星小子向後彎身避過冬青娘的掃腿，並趁著冬青娘陷入硬直的瞬間，數十道凌厲無匹的刀影向她劈了過去。

　　「霹啪霹啪霹啪霹啪霹啪霹啪霹啪霹啪霹啪霹啪霹啪——」冬青娘來不及逃竄，頓時碎成無數冰塊，散落一地。

　　我一時愕然，幾乎不敢相信自己的眼睛。然後，追星小子終於支持不住，巨大的身形頹然倒下。周圍一片靜寂，沒有一點聲音。

　　「啪——」我左邊肩頭突然被拍了一下。

　　我嚇了一跳，回頭望去，只見 Jan 對著我和 Sara 做了一個噤聲的手勢，又使眼色示意我們跟上她，一起躲進戲院裡面。原來束縛著 Jan 的冰晶早已融化，Sara 也沒有多說話，扶著我緩緩走了進去。

　　要知道冬青娘和追星小子還在外面，萬一他們醒了，我們都難逃一死。我們頭也不回，但其實在心底裡大家都忐忑不安，劇烈的心跳聲就是最有力的證據。

　　深入漆黑的戲院內部之後，積雪疊疊的不遠地方，不用多久

便來到黑色門前，我隨即打開了門，卻發現裡面是一間空房，我這才想起手上沒有道具，不能進入特定的空間。

「點算……我哋去唔返 Moon 創造嘅空間……」Sara 憂道。
「你身上仲有冇其他關聯物？」Jan 低聲問道。
「冇……我唔見咗嗰張 US 戲院職員證……」我道。
「咁唯有暫時匿喺空房，再作打算。」Sara 道。
「嗯……」我點了點頭。

突然，我眼睛察覺到雪地上有樣異物，像是證件。那張證件不但沒有被積雪遮蓋住，而且還非常刻意地平放在雪上面，彷彿有人想我看見似的。

「Jan、Sara，你哋望下個地下。」我輕聲地說。

Sara「咦」了一聲，Jan 隨即俯身拾起那張證件。

「塱濠商場保安職員證。」Jan 淡淡地說。
「咁我哋就可以匿喺保安室裡面。」我喜道。
「但係……係邊個刻意安排我哋匿入保安室？」Sara 問道。

是敵，還是友？難道是 Moon？這張保安職員證應該剛放下不久，否則一定會被積雪遮蓋住。所以，這個人一定還在附近。只是四處張望，卻不見有人。

SAVE >

「唔好理咁多，開咗門先講。」Jan 把職員證遞了給我。

「你唔。」我接過職員證後，重新打開了黑門，透過微弱的光線，發現裡面是一條窄窄的走廊。

下一刻，我整個身體突然被一下子提起，再被拋進了裡面。由於牽動到傷口，我痛得在地上呼呼哀叫。抬頭望去，只見站在門外的 Sara 面沉如水，連 Jan 也一聲不吭，氣氛突然緊張起來。

Sara 望著我，眼中隱隱有不捨之意，道：「對唔住，Blue，但我同 Jan 之間終須做一個了結。」

「你、你傻咗咩⋯⋯快啲入嚟啦⋯⋯」我掙扎著說。

「我今次同意 Sara，我同佢只可以有一個留低。」Jan 冷冷地，不帶一絲感情地道。

「哈哈，最後留喺 Blue 身邊嘅一定係我。」Sara 微微一笑，眼睛瞳孔漸漸變成紅色。

「放心，我會將你個頭帶畀陳海藍。」Jan 語調平緩地說完之後，掌中忽然多了一根冰箭，然後門便從外面關上，兩人的身影慢慢消失在視野之中。

「Jan！Sara！」我用盡最後一口氣站了起來，正想走出去之際，黑暗中忽然出現一隻手拉住了我。

「海藍，唔好阻佢哋喇。」耳邊傳來的卻是 Moon 的聲音，接著我便眼前一黑，再也看不見任何光亮。

醒來的時候大概是晚上九時。我在黑暗中睜開眼睛，甚麼都看不見，我急忙摸出了手機，打開電筒光線照向附近，發現自己還在窄窄的走廊。我身上雖然血跡斑斑，但不覺有疼痛感覺，器官也不再因為凍傷而麻木。

電量：100%

我當時以為又是 Moon 救了我，但之後才知道救我的人並不是他。我隨即站了起來，直衝向黑門。

「Jan！Sara！華仔！」然而，黑色門前被一堆雜物擋住，我使盡九牛二虎之力都搬不走。

我正自擔心 Jan 她們，心急中卻被這些雜物擋住去路，大是憤怒於是叫了出來：「Moon！你唔好阻我出去！」既然救了我，為甚麼不讓我出去外面？

我怒目掃視周圍，昏暗的光線之下，看見走廊的最盡頭有一道門，我馬上便跑了過去。

一道平平無奇的門。

SAVE >

「唔好以為我唔知你喺裡面!」我怒道。

一片沉寂,沒有任何回應。

「豈有此理⋯⋯」我咬牙切齒道,然後發現門上有一個牌子,在手機光線的照射之下,我清楚地看到牌子寫著:「監控室」

我想也沒想便推門而進,首先出現在眼前的是一張闊長的工作桌,工作桌背靠著一道牆,牆上密密麻麻地掛了十多個監控屏幕,每個屏幕都播著商場不同地方的實時閉路電視影像。

剛才還一臉怒氣的我,此刻也被眼前的事物震懾住,心中竟是感覺到一陣寒意。監控畫面中,商場上大部分地方一覽無遺,美食廣場的小高雄,地下的 H&N、L7 的無良印品等等⋯⋯原來我們的一舉一動,幾乎從頭到尾都被監視住。

可是,我卻看不見 Jan 和 Sara 的身影。甚至連華仔、冬青娘和追星小子都不知去哪了。可能她們剛好在閉路電視鏡頭的盲點,又有可能 Moon 有心想我看不見她們,隱藏掉一些畫面。

眼角餘光轉動,忽然發現工作桌上放著一台電腦。

腦中靈光一閃,也許這部電腦可以把剩餘的監控畫面調出來,於是便把電腦椅推到一旁,走上前去按下電腦主機的電源開

關。電腦屏幕慢慢出現開機畫面，然後「嘩──」的一聲跳轉到 Windows 系統的載入畫面。

　　畫面的進度棒滾動著，我心裡感到異常緊張，手心不自覺地冒出冷汗。一會兒後，畫面彈出一個登入介面，我眉頭一皺，心中不由得有些失望。

「我冇登入密碼……」我自言自語地說。
「密碼係，B－L－U－E，笑。」

　　旁邊的電腦椅突然轉了方向，透過屏幕的微光，我看見一個小男孩蹲了在椅子上面，面無表情的看著我。他有一頭蓬鬆的紅髮，頭頂直挺挺的豎立著一對貓耳，圓嘟嘟的小臉蛋像剛出生的嬰兒嫩白，可愛的讓人想咬一口。

　　粗略估算，小男孩的年齡應該在六至八歲之間。我忽地目光一凝，發現小男孩的瞳孔也是紅色的。

「你係靈體？！」我立即跟他拉開距離，凝神戒備。
「喵──」小男孩發出如假包換的貓叫聲，然後突然跳下電腦椅，彎著腰走到房間一個櫃子面前，踮起腳尖伸手摸著櫃子最高的一層。

　　但因為身高的問題，小男孩的手距離櫃子最高的一層還有一

SAVE >

段距離，他跳著跳著也觸碰不到。我看在眼中，對他的警戒漸漸降低，於是走到他旁邊，伸手把櫃子最高層的東西拿下來，再遞了給他。

那是一本素描簿，小男孩接過後，頭也不回地回到電腦椅之上，拿起筆便在素描簿薄上寫起字來。

「暫時還未能，出去。」小男孩在素描簿上這樣寫著，字跡很潦。「點解唔可以出去？Jan、Sara 同華仔仲喺出面喎！」我一時激動，向著小男孩咆吼。

他的貓耳聳動了一下，神情有些害怕，沒有作出任何回應。我突然感到一陣難以言喻的慚愧，我的語氣對於一個小孩來說是否太重？

「她們安全，我、是 Mooon 的眷屬零體。」小男孩在素描簿寫上了錯漏百出的句子。

我對她們安然無恙的消息感到詫異，一臉懷疑地問他：「你點證明到畀我睇佢哋冇事？」

小男孩猶豫了片刻，接著把手放在鍵盤上，生硬地輸入登入密碼。電腦進入桌面以後，他摸著米奇老鼠形狀的滑鼠打開了一個程式，點擊「Live」的按鈕，並在選單中選了一個名為

「TFC001」的選項。

然後，牆上每個監控屏幕都同時變成同一個畫面。

那是通天廣場俯視角度的影像，但不是站在較高樓層拍的照片，而是完全垂直於地面，處於通天廣場正上方高空拍下的俯視照，完全就是像建築圖則一樣的 Floor Plan。

看到這裡，大家是否覺得有點眼熟？大家的記憶深處是否都對以上的句子感到似曾相識？沒錯，因為我將第一天日記裡面其中一個段落完完整整地搬了過來。

那代表甚麼？那代表眼前監控屏幕出現的畫面，跟那張標題是「只有自己」的照片完全一樣。

有來過塱濠商場的話，應該都知道通天廣場上豎立著兩棵類似鐵樹，又有幾分似聖誕樹的銀色大型擺設。我當時透過監控畫面清楚地看見兩棵鐵樹上分別吊著兩名女子。而那兩名女子正正是我一直擔心的 Jan 和 Sara！

（現在打著日記的我心情已經勉強平復，但當時的我，幾乎嚇到屎尿都失禁。）

「咁、咁、咁都叫安全？」我雙腳發軟，一屁股癱軟在地上。小

SAVE >

男孩蹲坐在電腦椅上，像貓一樣用舌頭舔著自己手背，慣性地不作回應。完全是貓性格的小男孩。

「你即刻放我出去。」我顫抖地道。

他沒有望向我，但緩緩地在素描簿薄上寫著東歪西倒的文字：「你現在出去，甚麼都乾不到。」當時的我被他的句子觸動神經，心情由驚慌失措變成勃然大怒。

不單只將我困在這個鬼地方，還要我眼巴巴看著她們有危險但不能救，即時怒火沖上心頭，伸出雙手想揪住小男孩的衣領。他身體一個後空翻，動作俐落，避開我的觸碰，落地時採取四肢著地的姿勢，整個過程沒有發出一點聲音。

我回過神來，看見小男孩低頭彎起背，發出粗野的呼吸聲，手和腳都伸出利爪，死死深陷地面。

「嘎——」我剛才對小男孩的冒犯動作純粹是一時衝動，沒想過他會有這麼大的反應，我隨即一動不動的站在原地。小男孩一直保持著那個姿勢。附近的溫度彷彿急降至零下二百七十三度，我不自禁打了一個寒顫。

當我試圖做出一個「停止」的手勢時，應該說手勢做到一半時，我感覺到一陣強風如巨濤般吹來，然後我的身體便飛了起來，

重重撞上牆壁，帶來的衝擊力讓我又彈了回來，只覺得身體像要散架，直接昏迷倒地。

一天裡面第三次暈倒。當我有回復意識的時候，我揉一揉眼睛，迷迷糊糊地打開手機。

原來已經是隔天的早上七時。監控屏幕透出的淡藍色微光，幽幽灑滿面積不大的房間。我發覺自己躺了在監控室的地板上，頭墊著一個軟綿綿的枕頭，身上披著一塊厚厚的綿被。我坐直身子，腦海一片空白，處於昏迷之後的短暫失憶期，我眉頭輕皺，按著自己的額頭，試著逼自己想起甚麼。

嗯，我首先想起自己撞了在牆上，幾乎要粉碎骨折。然後記憶再推前，我腦海中出現小男孩的身影。我立即四處張望，房間裡卻是空無一人，耳邊只有細微低沉的電腦運作聲音。

突然，我所有記憶醒了過來，立刻如觸電般彈起身，叫道：「Jan！Sara！」我望向監控屏幕，發現已經變回原來的監控畫面，不再是「只有自己」的詭異鳥瞰角度。

我急得如熱鍋上的螞蟻，Jan 她們的處境絕對是非常危險，我還要昏迷了足足一晚，而她們就被吊在鐵樹上足足一整晚！我立時以最快的速度衝出房門，向著漆黑的走廊盡頭奔馳而去。

　　我當時已經下定決心要使用念力搬開擋住我的雜物，他媽的靈體，管你甚麼顏色，要來便來！Jan！Sara！你們千萬不要有事！

「你咁樣出去，救唔到佢哋。」小男孩的聲音沒有先兆之下從背後傳來，冰冷得不帶任何起伏。我聽了不禁一怔，隨即停住了腳步，但沒有轉頭。那説話像潑來了一盆冷水，讓我整個人冷靜不少。

　　我這樣衝出去，憑念力就能對抗追星小子和冬青娘嗎？更不用説用完念力之後只會積累更多負能量，生出更多靈體，沒完沒了。不過，難道要我甚麼都不做，像縮頭烏龜般躲在這裡嗎？

「你唔好阻我。」我冷冷地説。
「我唔、阻你，只係嚟幫你——」不黯人類語言的小男孩，笨拙地説出以上説話。

　　他的聲線是一把還未進入青春期的男孩聲音，因為沒有喉結的關係，他的聲線比較偏向女性。除了第一次見面時他用口説出登入密碼，我幾乎沒有聽過他開口説話，所有對話都是用紙筆字句代替。

「……外面一個紅色、一個青……色……一人之力……唔足夠——」他又説。

　　我倒吸了一口涼氣，心情已經冷靜下來，明白這樣出去也只有送死的份，完全救不到她們。既然他說會幫我，暫且聽聽他打算怎樣幫我吧。

「你打算點幫我？」我淡淡地說。
「跟我嚟，一邊食，一邊講。」小男孩拋下這句後，場中再次回歸寧靜。

　　我隨即轉身跟著他重回監控室，突然，眼前事物使人望而窒息！只見監控室透出強光，然後工作桌上便佈滿了各式各樣的美食，完全是憑空出現，有別於我用念力烹調現實中存在的食材。

　　我一臉驚訝表情，向小男孩問道：「嘩，你識變魔法？」

　　小男孩沒有轉過頭來，徑自走到工作桌上，拿起常用的素描簿薄寫上文字：「物質具現化能力」我暗暗稱奇，不過既然 Moon 是他的主人，他繼承了物質具現化能力也不出奇，我難忍飢餓，很快便將一碟蛋包飯一掃而清。

「你可以同我講未？你打算點樣幫我？」我接著問他。

　　小男孩那時還在吃手上的奶油吐司，但隨即放下，雙手合十，一道白色光茫從掌間滲出，然後雙手猛的分開，一把銹漬斑斑的鐵劍便憑空出現。

SAVE >

銹劍「噹啷」一聲掉在地上，然後小男孩便在素描簿上寫上句子，一反常態的十分工整。

「這是削鬼如泥的鐵劍。」我正想說物理攻擊對冬青娘無效，但他繼續在簿上寫字，似乎想解釋這把劍的用法，所以我把說到嘴邊的話吞進了肚子裡，耐心等候他的補充。

他寫字的速度快得驚人，短短幾秒鐘便寫了一個段落：「這不是一般的劍，這劍能把你使用念力時所釋出的負能量封鎖在劍身，令到劍身不斷累積負能量，累積至某個程度就能產生強大的引力場，以致附近任何負能量都無法逃逸，因此，這劍便能從靈體身上扯出負能量，並且吸到劍裡，削弱它們的存在力，最終煙消魂散。」

「原理，就跟質量密度超大的黑洞吞噬附近的星體一樣。理論上，面對白色靈體這種低負能量靈體，幾乎不用接觸就能把其能量吸到劍裡。但是，相對較強的紅色、青色靈體，由於它們的能量密度較高，所以較難拉扯出其存在力。」

我望著地上那把像破銅爛鐵的劍，默不作聲，呼吸都為之停頓，接著俯身把劍拾起，仔細端詳劍上的乾坤。

但左看右看都只是一柄破舊不堪的出土文物，甚至隨時都會斷成兩截。而且，即使手上真的是削鬼如泥的寶劍，以我難得一

身「好本領」，相信劍還未拿出來就已經被追星小子一刀劈成兩半。

我的臉色頓時陰沉了下來，小男孩看在眼中又在素描簿簿上寫上歪歪斜斜的文字：「我奉主人的命令來幫你，我會跟你一喜。」

他坐在電腦椅上，像一隻貓般用腳抓癢，雖然看上去弱不禁風，但卻是如假包換的紅色靈體，而且還有具現化能力，我信心頓時增加不少，於是開玩笑地說：「你唔驚我用嚟斬你？」

「朋你的身手？」素描簿本上這樣寫著。
「哈哈，咁我哋出發未？」

小男孩沒有作出書寫動作，而是慢慢地舉起右手，指向我放手機的褲袋。

「係喎，瞓咗成晚都唔記得叉電。」

電量：65%

小男孩將一個熟悉的移動電源遞給我，我一邊充電一邊寫上日記。日記寫到早上九時左右，一切準備就緒。

「萬事俱備！可以出去未？」我問道。

「走啦！」小男孩開口說。

　　日記結束時間：2013 年 8 月 22 日　星期四　09:07

星期四手機日記
2013 年 8 月 22 日

關閉

充好電之後，我們離開了監控室，踏在昏暗的走廊上，一步一步走向門口。那個時候，路上的雜物已經清除掉，我把手放在黑色門的門鎖上，另一隻手拿著手機照明，鐵劍則背負在後背。

門鎖，扭開。

光線所及之處，出現再也熟悉不過的 US 戲院，地上的積雪溶成一個又一個的水窪。我和小男孩在 US 戲院漫步著，四周圍一片死寂，鞋底每一步離開地面時都會發出噗嘰噗嘰的水聲，一不留神便會滑倒。他像寵物伴隨主人般跟在我身後，背脊微微彎著，赤腳走在濕噠噠的地面。

我突然察覺一直以來都不知道他的名字，一直小男孩前、小男孩後的稱呼他，於是便問道：「其實你叫咩名？」他錯愕了一下，然後低著頭，半晌都沒有回答。或許他並沒有名字？

但既然他是我的幫手，接下來還要相處一段時間，總不能「你你你」來稱呼。我想到他是貓，而華仔是狗，因此靈機一觸，建議道：「不如你叫偉仔？」

他聽到後，神色一時間頗為微妙，但怎樣都蓋不住眼底深處那一片喜悅之色。

「隨、便你。」他生澀地說。

SAVE

　　我滿意地點了點頭，嗯了一聲。然後我和偉仔就走到 US 戲院的門口，光線勉強照到紫蔥頭餐廳。我凝神戒備著周圍，光線慢慢往左右平移，但看不見任何靈體，包括冬青娘和追星小子。

　　我鬆一口氣，然後問他：「偉仔，其實你可唔可以具現化一支電筒畀我？」偉仔搖搖頭，表示不可以。

　　我失望地繼續往前走，不消一會便走到天梯前。下方便是通天廣場，也就是 Jan、Sara 被吊著的地方。我把鐵劍拿在手中，另一隻手虛空一劃，眼前的垃圾筒物隨意動，慢慢升到半空中，然後又降回地面。

　　使用完念力之後，**相應的憎恨已經萌生**，只見手上的鐵劍不再是那把長滿銹漬的爛劍，而是一把黑漆漆的劍，簡直連看一眼都不寒而慄的黑暗顏色，相信已經積聚不少負能量。由於它已經不是爛鐵劍，於是我幫它改了一個新名字——「**鬼劍**」。

　　「喵——」鬼劍正式登場之後，偉仔不自然地叫了一聲。

　　緊接著，他的形態慢慢產生變化，左右臉頰分別長出三條貓的觸鬚，紅色瞳孔縮成一條直線，雙手「擦」的一聲伸出利爪。

　　我還以為他被我的鬼劍影響才變成那樣，但我後來發現不是。偉仔轉換成貓形態之後，我聽見後方遠處傳來一陣低吟。像是有

甚麼東西在黑暗中低聲細語，細碎得聽不到內容。而敏銳的偉仔一早便發現異樣，所以先轉換成作戰形態！

心頭一沉，手緊緊握著鬼劍，做好應戰的心理準備。我在天梯前轉身，沿住聲音一直追蹤來源，在手機光線的照明之下，入眼處出現 Adadas，那低吟聲音愈來愈清晰，我再走了幾步便愕然停下腳步。

追星小子的臉在光亮中，慢慢現了出來，同時看到他的下半身，沒了。只剩上半身的追星小子，腰部以下完全沒有，黏黏糊糊的內臟從切斷面瀉了出來，佈滿一地。

他倚著牆壁，氣若游絲地把歌曲用念的方式唱出來：「咁、咁、咁踏著⋯⋯步⋯⋯我咁、咁咁⋯⋯覓、著路⋯⋯」追星小子那雙原本稱之為「腳」的東西，已經變成一團肉醬，像被重型大卡車輾過一樣。

我看見滿地都是不堪入目的內臟、血水、膽汁、黃色液體，連空氣中也充滿惡臭，胃部一陣翻滾，快要將剛才的早餐給嘔出來。

「嘔——」我終於忍耐不住嘔了出來，感覺將五臟六腑也吐了出來。

「殺⋯⋯吾⋯⋯」追星小子微弱地說。

吐了出來之後，我感覺好了點，目光隨即落到追星小子，看見他全身微微顫抖著，雙眼緊閉著，希望我幫他解脫。

與冬青娘的一戰後，追星小子明顯敵不過奸詐的冬青娘，不但身體慘遭蹂躪，更被她留著一絲氣息，讓他親眼看著自己變成這個樣子，也不讓他自行了斷，求生不得、求死不能，顏面自尊完全被踐踏，性格惡劣得令人齒寒！

我緊咬牙關，目光充滿憤怒。看著他的慘狀，那些曾經被他攻擊的記憶已經消失得一乾二淨，更為他的遭遇感到同情，因為他變成這個樣子我也有責任。

「關兄，你安心咁去啦。」我重新拾起鬼劍，一劍當胸刺去！

下一刻，我手中的鬼劍穿透了他仍在跳動的心臟，完全不反射光線的劍鋒使它附近的身體組織開始扭曲，然後呈旋渦狀的方式捲入劍中。追星小子安詳地笑著，彷彿為自己終於能解脫而歡喜、滿足。

不用多久時間，追星小子原來紅如蕃茄的飽滿臉蛋，血肉瞬間乾癟了下去，化成枯皮，所有能量都被鬼劍吸收掉。我怔在原地，對這詭異恐怖的一幕，一時竟說不出話來。

鬼劍「吃飽」以後，源源不絕的力量從劍身傳來，使我全身

亦感覺到寒陰之氣，彷彿這劍有靈性般興奮起來。

　　我收回鬼劍，靜靜轉身離去。在手機光線的引導下，我跟偉仔重回天梯面前，準備往下走去，回到通天廣場將一切畫上句號。

　　突然，轟隆的一聲，幾乎就在我的腳踏在電梯階級的同時，我整個人被揪起扔到後方，然後，眼前的天梯竟然塌陷了。上一秒完完好好的，下一秒竟然像整個結構都散了般倒塌。

　　只感覺到腳下震動不止，塵埃彌漫，整座天梯都坍塌在通天廣場之上，要不是偉仔早悉異樣，一手將我拉開，只怕我便要死在那裡了。我心有餘悸，大口大口的喘著氣，在生死邊緣逃脫的滋味，讓人膽戰心驚。我往旁邊看去，只見偉仔就在自己身邊，臉龐沾上了薄薄一層灰塵，像陳列品一樣的表情，望了過來。

　　「多謝你救咗我。」我吶吶道。

　　偉仔嘴角動了動，正想說些甚麼，忽聽上方的商場廣播系統傳來一陣電波干擾聲音，然後一聲輕咳，一名男子悠悠地透過廣播系統說道：「小藍，唔好走捷徑喔，要慢慢咁行落嚟先唔會令劇本出現阻礙。唔使擔心，我家嘅小貓咪會保護你直到劇本最終章樂曲響起為止。暫時講到呢度，掰掰！」

　　男子用戲謔的語氣說道，聲音像豎琴一樣悅耳攝人心魄，不

是 Moon 又是誰？我的表情由一開始的愕然，漸漸變成冷淡，只知又是 Moon 搞鬼，心裡反而有種釋懷的感覺。轉念之間，我驚覺這原來也是劇本的安排。

把她們吊在樹上，目的是甚麼？如果 Moon 目的是為了觸怒我，我想他完全成功了。我現在恨不得將他千刀萬剮！

既然不能走天梯，我們只好逐一走下每條電梯，慢慢下去美食廣場再前往通天廣場。但是，我記得自己在第一天為了阻擋三胞胎，已經將連接美食廣場和通天廣場之間的通道封死，那還能怎樣過去？但是 Moon 沒有理由想不到這點，他可能已經幫我重新打開了通道，又或者有其他安排。我沒有再多想，手持著鬼劍，往未知的黑暗進發。

一路沿著微微向下傾斜的地板走到 L7，即是無良印品那層，只有手機電筒的光線把附近地方帶來些許光亮，再往深處看便是一片漆黑。

「嗚」的一聲，黑暗深處忽然吹來一陣陰風，更夾雜著一些怪聲，似是黑暗中有甚麼在喘息，讓人頭皮發麻，遍體生寒。我怔了一怔，卻見偉仔已走入那黑暗的 L7 之中，連忙也跟了上去。

黑暗裡光亮處出現無良印品的門口，突然，彷彿某段珍貴的記憶，幽幽又醒了過來。L7，被困的第一天我曾經跟 Sara 來過

這裡。

　　那時她的出現，安撫了我不安的心。儘管當時被困，但從未跟女性單獨相處的我卻感到甜如蜜糖。溫柔笑容，那曼妙的身影，每一張定格記憶，彷彿歷歷在目，直到永遠都不會淡忘。我愈想愈沉醉，絲毫沒有察覺 L7 的異樣。

「你──」偉仔突然開口說話，把我嚇了一跳。
「咩事？」我回過神來。

　　只見他慢慢地舉高手，指向 L7 通往 L6 的電梯口。

　　藉著手機電筒的光芒，我看見一個可疑的行李箱平放在電梯口，阻擋了 L7 通往 L6 唯一的路。我那敢怠慢，登時屏住了呼吸，將鬼劍拿在手中，劍尖指向不明來歷的行李箱，全神貫注的，防備著這個未知的危險。

「……」一片短暫而令人窒息的靜寂之後，我當先向電梯口走去。

　　隨著我的腳步向前，背後重新又陷入了無盡的黑暗之中。黑暗中的一點光，緩緩前行。但是，行李箱甚麼動靜也沒有，就這樣死死的擋住梯口，好像只是一個普通的行李箱。我把唯一的光源都集中在行李箱，慢慢伸手把行李箱的拉鍊拉開。

「噗噗噗噗噗噗噗——」突然之間，行李箱震動起來，輕微的抖動在一瞬間變成劇烈的搖晃，嘶嘶嘶嘶不斷摩擦著地面，像是有甚麼東西要衝出來。

卜一秒，聲音突然消失，行李箱一動不動。四周陷入一片平靜，卻彷彿有甚麼莫名的氣息，藏了在行李箱裡面，就在我凝神戒備的時候，一道女性柔媚聲音忽然從後方傳來：「意唔意外呀？！驚唔驚喜呀？！」

我身子一震，猛的轉身，只見冬青娘不知甚麼時候突然出現在我身後，然後我便感覺到左邊腰間被一股極冷冰寒之氣侵襲，低頭一看赫然發現該處結成了冰！

「霹啪——」還來不及驚呼，冬青娘一手拍了下來，硬生生把我的左腰間打得粉碎，冰塊四濺。

「啊啊啊啊啊啊啊——」我大叫一聲，向後倒去，冬青娘站在那裡，臉上泛起了一絲微笑。她身形忽動，轉眼間撲到我面前，但見她身子才動，一個紅影迅速閃至，閃電般伸出利爪向她的脖子抓去。

「好可愛嘅小貓咪——」冬青娘纖腰後彎，輕易地避開了偉仔的利爪。

　　我看見她那張輕佻的臉孔，立即想起追星小子死前模樣，心裡愈發憤怒，冰涼感覺再度遊走全身，深深的兇殺戾氣，籠罩了我！

　　我站起來，舉劍刺向冬青娘，她直起身子後，上顎不小心頂上鬼劍的劍尖，硬生生被劍刺入口腔，並貫穿鼻樑而出。像被魚鈎勾破口腔的冬青娘痛苦尖叫，雙手隨即握向鬼劍，欲把鬼劍從臉上拔出，可是當她的雙手一接觸到劍身，手立即被鬼劍扭曲，捲進劍身的漩渦之中。

　　再次感覺到極端痛楚的冬青娘，眼眶淚水一湧而出，雙腿全力一蹬，利用身體上躍的力量把臉部抽離鬼劍。脫困後的冬青娘跪在地上，渾身劇烈地顫抖，兩隻手肘變成碎布般的皮肉。冬青娘的鼻樑的血洞不斷湧出鮮血，連一身青色的和服都被染成血紅顏色。

　　「嗚嗚……你呢把劍係咩嚟……」被重創的冬青娘，左眼的青色火焰減弱了不少，曾經氣焰囂張不可一世的她，如今卻跪在地上瑟瑟發抖。

　　接著，鬼劍傳來一陣冰涼而微帶興奮的氣息，我流露出笑意，饒有興趣的俯視著她，像是發現有趣的玩具。我隨即走上前去，一腳踩上她軟綿綿胸口，失去反抗能力的她，吱也不吱的充當著我的人肉地毯。

「唔好……唔好……」被我踩著的冬青娘，躺在自己的血泊上求饒著，凌亂的黑色長髮呈放射狀向四周擴散，看起來像黑色大理花。

「黑色的大理花？唔啱，仲爭一個小丑笑容！」
「裂口女！裂口女！」
「係小丑先啱！」
「唔係！係裂口女！」
「Why so serious？」
「切咗佢對腳出嚟做標本啦！」

　　忽地，頭如炸裂般頭痛！無數突然出現的人聲雜音，如洪水般擁至，盡是狂亂呼號之聲在我腦中縈繞不散，立時噁心欲吐，但又無物可吐。我猛的搖頭，把詭異的幻聽聲音甩出腦袋，半晌，那頭痛隨之漸漸緩和。

　　然而，我的胸口卻遺留著悶悶的噁心感，臉上血色盡失，我呼呼喘著氣地說：「唔好？你講一個我唔殺你嘅理由。」

「求下你，唔好……」奄奄一息的冬青娘沒有察覺到我的異樣，她口腔充滿血水，含糊地說出以上句子，一邊說，一邊從嘴角流出血來。

　　我把劍尖舉到冬青娘的臉上方，一邊虛晃一邊恐嚇著：「早

知今日，何必當初？」

「你講咩我都照做，唔好殺我⋯⋯」含著一口鮮血的冬青娘，聲線都顫抖了起來。

　　我心中突然閃過一個念頭，然後用劍尖輕輕刮蹭著冬青娘的右邊臉，滑嫩的肌膚與銳利的鋒芒磨擦並發出「呲呲」的美妙聲音，我也不等她的求饒，把劍伸進她的嘴裡，用劍鋒抵著她的嘴部內側，只要輕輕一劃動，她的右邊臉便會立即裂開。

「嗚嗚⋯⋯唔⋯⋯唔好⋯⋯」
「扮狗吠兩聲嚟聽下？」我冷冷地說。
「你唔好咁過份！」

　　我更加用力地把劍鋒頂著她的右頰內側。冬青娘不敢亂動，神情又委屈又害怕，眼睛噙滿著淚水。

「嗚嗚⋯⋯汪！汪汪！」
「做得好！」我露出滿意的笑容，然後，緩慢地抽出了鬼劍。
「我絕對唔會放過你。」我還沒回過神來，腳一踏空便只覺得腳下感覺有異，由軟綿綿的觸感變成踏在硬地的感覺。

　　我低頭一看，發現冬青娘消失不見了，而我的前腳則踩在一灘血水之上。稍不站穩，那灘血水竟像幾千米深的海底，彷彿被

無形的手扯著，我的腳一下子陷進血水裡面。

「啊！」我整個身體失去平衡，失足地掉進了血水之中，全身瞬間被淹沒。儘管我怎樣掙扎，身體總是不由自主地下沉，像有一股吸力將我吸向潭底。

「救⋯⋯」我張開口想發出求救聲音，但是水迅速湧進我的口裡，我嗆水咳嗽，吐出氣泡，但隨之而來的是更多水湧到我的口腔、氣管、肺部。

　　不能呼吸，快要窒息。

　　只見四周一片黑暗，水壓愈來愈大，快要把我的內臟擠出來。潭口離我愈來愈遠，我雙手只能向上瘋狂地划著水，腿也不停的蹬，但是我發現愈掙扎便下沉得愈快，而且左腳竟然不能動。

　　我向下一看，只見一個像海藻類的物體，隙間透出柔柔的綠光，緊緊依附在我的左腳。接著，海藻好像發現了我的視線，然後，「它」抬了頭。

　　披頭散髮、面目猙獰的冬青娘抬頭瞪著我，冒著血水的右眼流露出絲絲笑意，她用力的咬著我的腳跟，將我拖進不見底的無底深潭。我驚慌之下，立即發瘋似的用右腳往冬青娘的臉上踹去，可是她牢牢地咬著我的腳跟，綠光映著她剛剛被我用鬼劍毀掉的

面容，並用那似笑非笑的表情盯著我。

我「啊」一聲叫了出來，肺部再次進水，嚴重缺氧之下我的意識慢慢變得模糊，身體的掙扎也漸漸變得無力，我就這樣任由冬青娘拖我進深海，活生生的溺斃。

當我再次醒來的時候，便已發現自己躺在一塊平地上，渾身濕透。我一下子被驚醒，被冬青娘扯進深潭的記憶仍然歷歷在目，猶如剛才發生一樣，若不是我此刻坐在硬地上，我幾乎以為自己還在血海內浮沉。

我立即站起身來，望向四周。只見視野漆黑一片，甚麼也看不見，好像視覺被奪去似的，而且連一絲聲音都聽不見。心中立即竄起一陣寒意，忽然，黑暗中傳來聲音。

「醒，咗？」
「哇──」我嚇得叫了出來。
「我係……」

那聲音說到一半，停頓了下來，過了一會之後，又慢慢地道：「……偉仔。」

「哦……偉仔……我哋喺邊？點解黑到咩都睇唔到？冬青娘呢？」

　　我如釋重負般鬆了口氣，脫險的我心情激動，把問題連珠炮發地問了出來，完全忘記偉仔不諳人類語言，以致他被我的發問弄得不知所措，傳來支支吾吾的聲音。

「唔好意思……」我意識到自己的問題太咄咄逼人，連忙道歉。

　　我理了理情緒之後，冷靜地向偉仔問出最重要的問題：「冬青娘喺邊？」

　　當我問完那條問題之後，周圍又靜了下來，好像我問錯了問題一樣，正當我心裡糾結之際，黑暗中終於傳來偉仔的回答。

「走咗。」
「哦……走咗……」
「……」不知怎麼，我感覺事情有些異樣。

　　除了周遭黑得伸手不見五指，連偉仔的聲線也異於平常，我隨即摸了一下自己褲袋，打算把手機掏出來。

「你想，點？」偉仔聽見我的舉動，語氣好像有點緊張起來。
「拎部手機出嚟照下囉，好黑呀！」我說完之後便把手機拿了出來，但因為我剛剛連人帶機被冬青娘扯進水裡，現在手機進了水，好像有點故障。

「弊，部機好似壞壞地。」我不安地說。

　　我沿著手機的形狀摸到左上角的解鎖掣，用力地按下，但屏幕沒有亮起。心中更是焦急萬分，一直按、一直按，終於，柔柔的光線照了在我的臉上，在完全黑暗的環境之下，小小的屏幕光線都顯得像探射燈般耀目。

　　雖然手機屏幕還可以打開，但是觸控面板好像已經壞了，手指放在上面不斷滑動都沒有任何反應。我沒有理會這麼多，將屏幕光線當作電筒往周圍照去，能見度只有僅僅一米，我看見自己左腰間凹了一處，但神經線早已冷凍至麻木，因此也不是很痛。

　　然後，我身子轉向偉仔的方向，微光之下，映入眼簾的是同樣渾身濕透的偉仔，水珠順著他的髮尖滑落到地上，瀏海濕濕的貼在額頭，蓋住他的雙眼，讓人無法看清他的臉孔。

　　偉仔全身濕透只有一個原因，就是他也掉進了水裡。

「偉仔……點解你都濕晒……」激動之下，我伸手抓向偉仔的手腕。

　　可是，手，落空了。我抓到的，就只有空氣。我臉色刷的慘白，慢慢望向他的手肘。偉仔雙手的手肘位置，空空如也。

SAVE >

「偉仔！！！你隻手去咗邊？！！」

「嚇──」偉仔突然無力倒地，我立即衝上前接著他，單手將大量出血的偉仔抱入懷中，聲嘶力竭的問道：「係咪冬青娘做嘅！！！！！」

只見偉仔斷手處不斷流出鮮血，我看著他的生命，一點一點地，慢慢的流逝。

「唔好……唔好……」我更加用力地抱著偉仔，淚水不受控地湧出來。

「佢就係華仔？好羨慕……」躺在我懷裡的偉仔，無意中看見我手機的解鎖畫面，那是我跟華仔的合照。

他望著我，嘴角微微動了一下，聲音漸漸變得沙啞：「多謝你……」我泣不成聲，聽他說完最後的話。

「幫、幫……我……改咗個名──」他愈說愈小聲，到後來更是漸漸聽不見。

然後，我再也感覺不到偉仔的呼吸起伏。

偉仔的眼，閉上了。我呆住了，直到顫抖的身體也停止了顫動，跪在地上甚麼都感覺不到，而自己不過是個可笑可悲的人，只能眼巴巴看著偉仔死去……

　　我拖著沉重的身體，追蹤著地上冬青娘的血跡，有點像漫無目的，亦像是行屍走肉般，繞過電梯口那個行李箱後，慢慢下到 L6，即是 LOG-OUT 那層。隨著漸漸深入 L6，空氣也逐漸彌漫著濕氣，隱隱還有陣屍臭氣味，但我不以為意，繼續往前走。

　　由於手機屏幕亮起的時間每次只有十多秒，加上手機故障的關係，我不能進入手機設定加長亮起的時間，所以每隔十幾秒，微弱的光線便會熄滅，周圍的黑暗迅速籠罩過來，然後隨著我重新打開屏幕，四周又瞬間浸淫在柔和的小光源之下。

　　「啪嗒──」類似光腳踏在濕地板上的聲音，在黑暗中傳了過來，但辨識不到方向。

　　屏幕光線亮起。入眼處出現一間服裝店，SteReo。

　　明明只要轉身走幾步就可以沿著電梯下到 L5，但是我寧願繼續在這層徘徊，連我自己都不知道的原因，或許當時我又在逃避，不想回到通天廣場，只想一直遊蕩，走到筋疲力盡為止，然後倒在地上甚麼都不管。

　　我這種廢物，去了通天廣場也救不到她們。屏幕光線熄滅。

　　「啪嗒──」
　　「啪嗒──」屏幕光線亮起。

眼前出現的是 Vanilla，平平無奇，沒有值得紀錄的地方，然後我繼續走，感覺濕氣愈來愈濃重，惡臭亦慢慢強烈，再也忍受不住，於是轉身往電梯口方向走去。

「滴答——」水滴聲，彷彿從身邊傳來。屏幕光線熄滅，如死一般的寂靜黑暗將我吞沒。

「滴答——」距離我身邊不夠一個身位的地方不斷傳來細微的滴水聲，但在我的耳中卻彷似是驚雷炸響。

我心跳得愈來愈厲害，急忙按下手機解鎖掣，但解鎖掣再次失靈，怎樣按都沒有反應。我彷彿全身血液都在倒流，雙腿開始發軟，心中不斷咒罵自己當初為甚麼不買防水手機。

我沒有其他選擇，只能繼續按著那該死的解鎖掣。突然，眼前一亮！屏幕光線終於亮起。我以最快的速度掃向周圍，但發現甚麼都沒有，身邊那些水滴聲只是來自頭頂的冷氣機出風口。我鬆了一口氣，然後，我又聽到濕地板上踏步的聲音。

「啪嗒——」
「啪嗒——」
「啪嗒——」

我靜靜站在原地，盡力讓自己不要失禁，但早已全身發抖，

牙關震得格格作響，極有限的光線範圍內，一個應該被水浸泡了幾個月，全身嚴重水腫發脹發白的女人，一直對著我單腳跳。

我跟這個女人，只相差三步距離。

而且，我發現全層樓所彌漫著的屍臭味都來自她身上，她注意到我的目光，抬起了她那張腫脹的爛臉，嘻的一聲笑了出來，然後把一口污水吐了出來。

「唔！」那灘污水的強烈腐臭味道衝擊著我的感官細胞，讓我的胃不停地翻滾，一股暖暖的熱流迅速經由食道衝上口腔，為了不讓最後的關卡失守，我面容扭曲，盡全力地捂著嘴巴。然後那個濕漉漉的腐爛女人再有動作，做著原地單腳跳的動作，每一跳，她身體都有些部位因為經不起衝力而掉在地上。

「啪嗒——」一塊白色的爛肉從女人的手臂掉落。

「啪嗒——」一塊腐爛的耳朵從女人的身上掉落。

「啪嗒——」又是一跳，這次力度有點大，女人全身很多爛掉的部位都啪啦啪啦的掉在地上，使地上出現一坨像小山丘的爛肉。

由於畫面實在太過噁心，加上那腐爛的味道實在太猛，我終於把口中熱騰騰的嘔吐物一泄而清。

SAVE >

「嘔——！」

「嘔——！」我一直吐一直吐，吐得腰都彎了，但那個爛女人依然一直跳跳跳，直至身上所有白色爛肉都離開她身體表面為止。

「嘔——！」整個 L6 都充斥著撕心裂肺的嘔吐聲音，吐完一輪之後，嘴角邊掛著一條黏黏稠稠的胃酸液，連黃膽水都吐了出來，相信已經達到嘔吐的極限。

　　滿地都是穢物和爛肉混合的亂七八糟東西，鼻尖還充斥著那濃郁未曾散去的屍臭。

「你、你……」我吐得臉色也發白，好不狼狽地看著面前那個惡臭味腐爛女人。

「咁快唔認得人？」腐爛女人開口道。

　　是冬青娘的聲音。大意了。

「嘿嘿，我只不過因為天氣乾燥而補一補濕咋，補濕，係重要嘅課題！」冬青娘的聲音帶著笑意，似乎是被我狼狽不堪的模樣逗得心情亢奮。

　　我懶得回應。

「點啊？我嘅『自由落體』好唔好睇？」冬青娘話畢以後，在自己的爛手臂撓著，指甲一下子便深陷爛肉表面，微彎的手指陷進發脹的爛肉之中，然後便不受控地快速「抓癢」，把一絲絲發脹的爛肉刮濺出來。

然後，我又是一陣乾嘔。屏幕光線熄滅。雖然眼前又回歸一片漆黑，但我心裡反而萬分慶幸，因為終於不用再看那腐肉自由落體。

「開燈啦？做咩唔開燈。」冬青娘天真爛漫的問道。
「開開開，開你老闆！」我一邊咒罵，一邊在彼此都看不見對方的情況下，摸黑往後退著。

突然，前方數步距離的黑暗之中，傳來嗽口的聲音。「咕咕咕咕咕咕咕咕咕咕咕咕咕咕。」該死！

「你想做咩呀！！」我被那黑暗中的液體滾動聲音嚇得魂飛魄散，下意識舉高手擋在臉前。

「嘔！」我感覺左邊臉旁、左肩上方都有條水柱擦過，接著便沾上了水柱濺出來的惡臭液體。

下一個瞬間，驚天動地的腐臭味道立即鑽進我的鼻孔，再次衝擊我的嗅覺神經細胞，令我萌生出想自殺的念頭。

SAVE

「嘻！」冬青娘像小女孩般一笑。

「你係咪……係咪要去到咁盡……」我翻著白眼說，雖然黑暗之中沒有人看得見我的眼睛。

「噴射——嘔吐物！」她大叫道。

「咕咕咕咕咕咕咕咕咕咕咕咕咕咕咕咕咕咕咕。」冬青娘的嘔吐物準確無誤地命中我的身體，弄得我滿身都是黏答答的污穢物，我瞬間精神崩潰，一邊亂揮鬼劍一邊嘶叫著：「夠喇你！！！」

鬼劍不斷地劃破空氣，但總是斬不中鬼魁般的冬青娘，我隨即橫劍護身，另一隻手按下手機解鎖掣。

「哈哈哈哈哈哈！」黑暗中的冬青娘狂妄大笑。
「陳海藍，我冇著衫㗎！」冬青娘又說。

眼前一亮。屏幕光線亮起！柔光自手機屏幕溢出，視線範圍以內，看見冬青娘已經變回一身青色衣裳的美貌女子，可是怨恨的雙眼卻緊緊盯著我，雙手已往我的頸項位置抓去！

間不容髮之間，我的眼球被冬青娘裸露出來的白皙手臂所吸引。手臂的長度，相比她婉約又修長的身姿顯得略短，有種不協調的感覺，淡淡的白嫩肌膚，像是小孩子的手臂。

最重要的是，她的雙臂早被鬼劍毀掉。小孩子的手臂。死前的偉仔，沒有了雙臂，卻在她身上重新出現。

回想起之前發生過的片段，我心中一顫，彷彿明白了不願明白的事情。心痛憤怒之極，我舉劍向冬青娘瘋狂刺去。

「啊！！！！！！！！！！！！」冬青娘被我瘋狂的行徑嚇了一嚇，但在鬼劍刺中她之前，她的身體便已溶解成了一灘水，然後變成一灘水的冬青娘慢慢滑向我的腳下，打算再將我扯進水裡。

「今次，冇人救到你喇！」冬青娘笑著說。

逼近，逼近著。一灘深不見底的水窪朝著我緩緩的逼近著。我被那灘水迫得不斷後退，心裡載慌載怒。慌，是因為我想起了鬼水凶靈的情節，無辜的小女孩被鬼手扯進水裡；怒，是因為那殺千刀的冬青娘不但把偉仔害死，還將他的雙臂據為己用！

但無奈的是，儘管我如何用鬼劍刺向那灘水，卻完全不起作用，就好像一直刺著一潭死水，甚麼都刺不中，包括藏身在裡面的冬青娘。

「嗯——唔好再插我啦！」冬青娘自水中傳出的聲音，彷彿在耳邊輕聲細語，滴出水般的柔媚中帶著一絲戲謔。

「死八婆。」我放棄用劍刺向那灘水,但腳步保持後退。

雖然鬼劍威力無窮,但只要刺不中她的真身,就算再強也是徒然。而且,就算她的真身現了出來,經過之前那一役,她已經對鬼劍充滿戒心,我甚至不能接近她。

我突然靈機一觸,想出了一個或者可行的方法,馬上急急後退。

突然,我的後背撞上了牆壁,已經到達盡頭,不能再後退了。而那灘水則繼續維持著讓我手足皆軟的速度逼近著。我深深的一個呼吸,鎮定心神,然後裝作驚訝的喊道:「Moon!點解你會喺度?!唔好過嚟呀,危險呀!」

冬青娘應聲從水面冒出上半身,一副慾火難耐的樣子四處張望,焦急地問道:「喺邊度喺邊度喺邊度?!」

戰略奏效!我立即把握機會,握著鬼劍劈向冬青娘。冬青娘浮在水中的身體微微一側,輕易避開了我的一擊。

「你呃我?!」冬青娘氣惱之極,原本雪白如玉的臉龐漲成通紅。

但是,她臉上隨即浮現出錯愕的表情,似乎對眼前的事物感到疑惑。

那是因為我的手，並沒有拿著鬼劍。

我只是像演默劇般，拿著空氣向冬青娘劈去。我的手凝在半空，沒有任何動作。然而，冬青娘卻沒有察覺到在她後方的數米距離，有一把完全漆黑的物體，靜靜地躺在地上，蠢蠢欲動著。

我嘴角露出笑意，把僵在半空的手，猛的往後一拉，像是要把綁著東西的繩索收回來。

念力。

然後，黑暗深處發出一陣「錚錚」的震動銳響，冬青娘後方的漆黑物體立刻電掣而出，順應我的手勢射向她的後腦位置，即將硬生生的把她的頭顱貫穿！

冬青娘臉色隨著後方迫近的壓力瞬間便明白了幾分，只是當她轉過頭去看的時候，一切已經太遲。閃躲不到的偷襲，正是我精心策劃的一擊！

鬼劍破空而至，鋒利的劍尖貫穿了冬青娘的後腦，並從她的喉嚨穿出來，力道之狠，反映了我內心的憤恨程度！鮮血泉噴，鮮艷如花，灑在我的衣衫上。

完全命中！

SAVE >

　　我慢慢蹲下，饒有興趣地看著漸漸被抽乾的冬青娘。被鬼劍貫穿頭部的冬青娘，玉也似的臉上出現了一個陰森恐怖的黑暗旋渦，慢慢地將她的五官捲入劍中。

「嘶嘶——」插在她臉上的鬼劍漸漸擴大了侵蝕範圍，一直延伸至脖子、胸口、肩膀等，把原本白裡透紅的豐嫩肌膚搾成千年人乾的乾枯皮膚。

　　我模仿著她的說話語調，笑道：「嘻。」

「你、你……」冬青娘顫抖地說。
「你慢慢講，我會聽晒你嘅遺言。」

　　冬青娘下半身泡在水裡，上半身撐在水邊，慢慢抬起頭看著我，但因為黑色旋渦遮擋著她的臉，因此我看不見她的表情。

「Well……我覺得你太天真……囉……」冬青娘虛弱地說。
「哦？」我的頭歪了一歪，嘴角依舊帶著笑意。

　　突然，冬青娘整個上半身都劇震起來，頭像嗑藥般搖著。

　　屏幕光線熄滅。屏幕光線亮起。

「我嘅意志會寄附係劍上面……你永遠都殺唔到我……」冬青娘

喘著氣地說。

「哈、哈、哈……」冬青娘發出毛骨悚然的冷笑聲之後，整張臉都消失了。

　　地上那灘水也隨著冬青娘存在力減弱而慢慢被蒸發掉，凝在半空的鬼劍把她赤裸的身體抽離水面，慢慢把她每個部位吸入劍裡。

　　我慢慢地看見，冬青娘的胸部也被捲入半空的黑暗旋渦之中。
　　我慢慢地看見，冬青娘的腰身也被捲入半空的黑暗旋渦之中。
　　我慢慢地看見，冬青娘的雙腿也被捲入半空的黑暗旋渦之中。

　　直至整個冬青娘沒入劍中，懸在半空的鬼劍才「錚」的一聲掉落在地上，像甚麼事情都沒有發生過一樣。

　　緊接下來，一聲宏大的鐘聲驟然響起，響徹整個塱濠商場。我吃了一驚，往四周看去。

「咚──」
「咚──」
「咚──」頭頂上方的商場廣播系統又再傳來電波干擾的聲音。我心頭一跳，胸口內的心臟竟像是停住般，隨即屏住呼吸，留心地聽著。

SAVE >

　　只聽那電波干擾的聲音之後，一聲輕咳，一名男子透過廣播系統幽幽地道：「咳咳……小藍，你聽到我講嘢嘛？」

　　意料之內，那是 Moon 的聲音。他的聲音停了一下，那一刻彷彿四周都靜了下來。我向著揚聲器點了點頭，Moon 才笑盈盈的繼續説道：「嗯，睇嚟你聽到我講嘢。」

「雖然呢，劇本出現咗啲意外發展，但大致上都進行得好順利。」

「而家，呢度就剩返我哋四個。」

　　Moon 自顧自的説完後，話鋒突然一轉，語調變得十分緩慢慎重：「劇本，終於去到終章嘅時候。」

　　他拋下了這意味深長的句子後，又回復原來的語氣，喜滋滋地説：「Blue，嚟通天廣場啦！Jan、Sara、華仔同埋我都喺度等你！」

　　Moon 説完以後，那廣播系統便發出「沙沙」的接收不良聲音，令附近氣氛一時變得詭異。我靜靜俯身撿起地上的鬼劍，但當我的手接觸到劍身的時候，我感覺到一股洶湧澎湃的戾氣傳上我的掌心，只覺得全身血液剎那間如滾燙之水般沸騰，從頭到腳，身體每處地方都似要爆開。

「殺！殺！殺！」

「挖咗佢對眼出嚟。」

「一切都係 Moon 搞出嚟！」

「嘻，殺佢之前要慢慢咁 Torture 佢。」

「要將佢千刀萬剮！」

「殺之。斷其四肢。」

很亢奮。

腦海中無數雜音不斷膨脹，鬼劍吸收了青色靈體的力量，負能量的密度史無前例的高，我甚至感覺到鬼劍還想吃多點負能量。我拿著鬼劍，借助著微弱的光線衝下電梯。

Jan、Sara，我一定會把你們從 Moon 手中救出，然後一起離開這裡！我由商場 L6 下到當初遇見三胞胎的 L5，片刻後再落到美食廣場，然後手機的光線便沒了，但四周卻沒有因為屏幕光線消失而變得黑色一片。

我一眼望去，很快便找出了原因。

美食廣場裡有五、六盞射燈打開著，雖然光線不足以照亮空曠的美食廣場，但柔柔的白光已經照出廣場的大概輪廓，相比用手機像深海燈籠魚般照明好得多了。

　　我慢步走在昏暗的走道上，從小高雄的位置走向通天廣場的方向，兩旁盡是一排排的餐桌。當我經過其中一張餐桌的時候，眼角餘光似乎瞄到甚麼，於是身體突然僵硬了似的，頓住了腳步。

　　最接近我的餐桌，椅上坐著三個半透明的洋裝小女孩。

　　「啊!!!」我嚇得叫了出來，三胞胎還未消失，我又撞見三胞胎了！

　　我本能地向後退，卻撞上了一張椅子，差點摔了一跤。我大口大口地喘著氣，望著那冤魂不散的三胞胎。

　　雖然三胞胎只是白色靈體，但我對小女孩靈體完全沒有抵抗力，加上她們是我第一次親眼目睹的靈體，那一刻的衝擊整輩子都會記住，直到現在都還心有餘悸。但是，伏在餐桌上的三胞胎沒有說話，也沒有站起來。我看見她們沒有任何動靜，才鼓起勇氣仔細查看了一番。

　　接著我一顆心便涼了下去，我發覺她們滿身都是鮮血，那原來純白色的小洋裙，已經被血染成深紅色，而且鮮血流遍一地，相信她們被人刺了幾百刀才能流出這麼多血，簡直將全身所有血液都流了出來。

　　她們集體死亡估計不是因我而起，既然不關我事，那我也沒

有理由繼續逗留，正當我轉身打算離開之際，我看見那張桌子上放著一套藍色衣服，整齊疊在桌上。最上面還壓著一個移動電源、一張卡片。

卡片寫著：
「你也不想她們看見你一身污穢吧？梳洗乾淨再過來吧！

Moon」

「PS：想打倒我，記得要充好電！:P」

我冷哼了出來。

不過他說得對，我渾身沾滿了噁心的東西，惡臭無比，就算華仔看見我也會轉頭跑走，加上冬青娘把我的身體弄崩了一角，電量都掉了一大截。

我不能在電量未滿的狀態之下槓上 Moon。他可是黑色靈體，最高級別的黑色靈體。不能掉以輕心。於是我將移動電源和衣服都拿進了洗手間，一邊充電一邊梳洗，隨著電量慢慢增加，身體也漸漸修補好了。

接著我便換上 Moon 為我準備的乾淨衣服，淺藍色的短袖 T-shirt 和海軍藍牛仔褲，整個人頓時神采奕奕，容光煥發。

我望著鏡中的自己，不禁笑了出來。劇本的最終章？我就看

看這一切到底是甚麼一回事。

　　走出了洗手間後，我徐徐經過複雜廚房，來到我當初用桌桌椅椅築成巨牆的位置。抬頭看去，只見面前依然屹立著一道由桌椅堆積而成的巨牆。我心想，美食廣場跟通大廣場的確被我阻隔開去，那我應該怎樣過去通天廣場？

　　我正沉思時候，忽然，地面無預兆地震動起來，伴隨著巨大的轟鳴聲，巨牆突然從中間裂開一條縫隙，然後分別往左右移開。刺眼的白光從那個縫隙之中湧出，刺眼得不可直視，彷彿整個白晝都落入商場。

　　我抬手擋住眼前，瞇著眼慢慢走進巨牆開出的通道之中。

　　穿過這面巨牆之後，一切便會真相大白。

　　為甚麼商場會出現……
　　為甚麼我會在這裡……
　　為甚麼我會有念力……
　　為甚麼我對 Sara 而言，這麼重要……
　　而且……為甚麼連我的初戀情人都在這裡……

　　我穿過了巨牆之後，四方八面的聚焦燈光都照在我身上，令我完全睜不開眼睛，也不知道通天廣場正發生甚麼事，我望向腳

下所站立的地方，赫然發現這裡是一個舞台。

待眼睛漸漸適應強光，我勉力張開眼楮，眼前的景象立即令我目瞪口呆。

完全沉默。

通天廣場已經變成一個廢墟，混亂程度跟戰場沒有分別，原本的天梯已經變成一堆瓦礫，視覺上失去了天梯這個巨大擺設，整個通天廣場即時變得十分空洞，我當即覺得自己如螻蟻般渺小，強大的壓迫感幾乎讓我無法喘氣。

我抬頭望去瓦礫堆的方向，發現那堆瓦礫之上放了兩張國王椅，這個場面充滿既視感，因為佈局跟西方絞刑台一樣。燈光投射之下，我清楚看見 Jan 被麻繩綁在左邊的國王椅，Sara 則被綁在右邊的國王椅，但綁著她的不是麻繩，而是極粗的鐵鏈。

她們看見我出現之後，本來萎靡不振的神情突然發生變化，各種複雜的神色交織在一起，忽而高興，忽而又擔憂。

我張大了口，全身彷彿墮進了冰窖。

「Blue！」Sara 忍不住哭了出來，她被鐵鏈鎖至完全不能動彈，白色聚光燈之下，她鬼魅般的紅色瞳孔和一頭紅色長髮顯而易見。

SAVE >

正當我不知所措之時，所有聚焦燈的光束驟然消失。

「Can you feel it? Can you feel it? Can you feel it?」

同一時間，耳邊響起了熟悉的音樂旋律，但我一時之間想不出在哪裡聽過，然後，前方不到幾步距離就落下了一束光柱，在黑暗中十分耀眼。

人影。一個高挑的身影，慢條斯理地走進光柱之中。

「Can you feel it!」白色燈光之下，那個人也似乎籠上了一層朦朧的光暈，只見他上身穿著一件熨帖的純白色恤衫，下身則是黑色西褲。

他面上掛住一絲平和的笑容，猶如國際天橋上面的最頂尖的模特兒，散發出一陣難以形容的魅力，一種與生俱來、懾人的魅力，甚至讓現實世界所有自稱美男子的人紛紛低頭認錯。

他自然就是世界上最完美的男人……Moon！他右眼的傷已經復原，一雙清澈的明眸只看在我身上。

Moon 拿著咪高鋒，大聲道：「歡迎收睇《非誠勿擾》，大家好我係 Moon，歡迎你哋嚟到現場。」Moon 出現之後隨即拋出一句主持人說話，但我的大腦依然停留在死機狀態，完全不知道這

是甚麼回事。

所謂的終章就是綁住兩個女子，然後歡迎我來到現場？難道這幾天只是一個真人騷？

無數個問號在我腦中冒起，亂作一團。鎮定點，陳海藍，冷靜想一想眼前到底發生甚麼事。

《非誠勿擾》⋯⋯？

我終於想起剛才那首歌來自哪裡。是來自⋯⋯國內一個大型交友節目──《非誠勿擾》。

與此同時，Moon 雙手同時舉起，聲音瞬間高亢：「有請今晚兩位美麗嘅單身女士！」

「Give me all your love and give me your love, Give me all your love today.」

「兩位女士，歡迎你哋，請亮燈！」Moon 完全沉醉在節目主持人的角色，一舉一動都充滿了自信。

在背景音樂的渲染下，整個商場都洋溢住歡欣的氣氛，但我卻害怕得要命。頭上兩盞投射燈隨即亮起，將燈光集中在 Jan 和

SAVE >

Sara 身上。刹那之間，Jan 和 Sara 分別沐浴在黃光和紅光之下。

　　主持人、遊戲嘉賓、燈光、舞台、音樂，除了觀眾之外，所有真人節目該具備的元素都已經集齊。

　　氣氛變得異常高漲。

　　我完全反應不過來，大腦產生出一種自己上了大型遊戲節目的錯覺，但是滿地的碎石鋼筋和瓦礫上被綁住的她們又彷彿跟現場氣氛嚴重違和。

　　亮燈之後，Moon 用手輕撥他的飄逸短髮，帶著笑意地說：「牽手成功之後，男嘉賓將會獲得相應嘅獎勵。」

　　我倒吸了一口涼氣，讓自己恢復冷靜。面前只不過是個沾沾自喜的黑色靈體，以我鬼劍的恐怖威力，就算山村貞子到此也要灰飛煙滅。

　　哼。

　　我盯著燈光之下的 Moon，冷冷地道：「喂，你究竟玩緊咩嘢？」

　　但是 Moon 目光移開，根本不理會我的問話，繼續講他以主

持人腔調的對白：「有請我哋嘅一號男嘉賓陳海藍！歡迎您！」

「喂，我問緊你……」

Moon 立即打斷我的說話，道：「請選擇您嘅心動女生，Jan，定係 Sara？」

他隨即向我投以期待嘅目光，我情不自禁向後退了一步，抬頭望向了 Jan 和 Sara。幾乎在同時，她們也望著我。我們三人眼中都充滿太多複雜的情緒，其間微妙，誰又能看清？

Moon 端詳著久久未有答覆的我，再笑盈盈地補充道：「揀 Jan 嘅話，你只需要殺咗 Sara，咁 Sara 嘅燈就會熄滅。」

「同樣道理，如果你揀 Sara 嘅話，咁你就要殺咗 Jan 佢。」
「吖係，唔記得咗講獎勵咻，我第一次擔任主持人，有啲緊張，呵呵。」他揮了揮手，呵呵笑了兩聲。

「揀 Jan 嘅話，你就可以同佢離開呢度，返去現實世界。」
「揀 Sara 嘅話……」

他頓了一下，向我望了一眼，接著道：「你就可以同佢……同埋華仔永遠留喺呢度。」

「華仔？」我登時變得目瞪口呆，呆若木雞般站在原地。

「係呀，華仔已經死咗，唔可以返去現實世界。」他說完之後，通天廣場的巨型電視屏幕亮起，我抬頭望去，看見畫面開始播放商場的閉路電視片段。

附件：手機日記相片1 (6319KB)

附件：手機日記相片2 (6000KB)

附件：手機日記相片3 (6450KB)

附件：手機日記相片4 (5980KB)

附件：手機日記相片5 (6840KB)

附件：手機日記相片6 (6045KB)

SAVE >

附件：手機日記相片7 (6569KB)

附件：手機日記相片8 (6200KB)

商場的冷氣，彷彿調到最低的溫度。好鹹、好苦。我再無力支撐身體，跪倒在地上。

「啊！！！！！！！！！！！！」我抱頭痛哭，喉嚨中發出嘶啞的喊聲，彷彿要將喊聲從塱濠商場傳出去。

華仔已經死了？深處的某個地方，全部記憶都蘇醒過來⋯⋯

那一晚，我追著華仔來到塱濠商場 H&N 的門口，然後發現牠被一輛車撞倒，司機不顧而去。牠躺在血泊中，動也不動，已經失去生命跡象。當時的痛苦超過了我可以承受的臨界值，徹底精神崩潰，一股龐大的力量衝出我的身體。

然後，我將華仔的屍體從視覺上抹走，說服自己華仔只是貪玩跑進了「塱濠商場」。

這就是真相。一切都因為我逃避現實而起，所有東西都是我搞出來的。

Moon 慢慢走到我的面前，淡淡地說：「呢度嘅華仔係你創造完塱濠商場呢個避難所之後，第二樣用念力創造出嚟嘅物件。」

「華仔嘅死令你身上嘅能力覺醒，跟住創建出虛構嘅塱濠商場，等自己可以逃避華仔已經死咗嘅事實。」

SAVE >

所以⋯⋯使用念力創造出塑濠商場這個異空間之後，相應的強大負能量便產生了 Moon 這個黑色靈體？

至於 Sara 則是我用念力創造華仔而誕生的紅色靈體⋯⋯

所以⋯⋯第一晚 Sara 和華仔才會在一起⋯⋯所以 Sara 才無可救藥地愛上我，因為她身上蘊含著我和華仔之間的情感⋯⋯

熟悉的華仔，金毛尋回犬，從黑暗之中走到我的身旁，用舌頭舔走我臉上的眼淚。

「嗚嗚⋯⋯」牠發出低低的嗚嗚聲音，平常牠知道我不開心時都會這樣安慰我，這次也不例外。

眼前的金毛尋回犬⋯⋯明明就是華仔⋯⋯

不對！沒可能的！華仔一定沒死！因為我的念力根本就不可以創造任何東西！往頭到尾，我都只能用念力移動物件，根本沒有試過創造物件！

「你呃我！我從來都冇創造物件嘅能力！」我失聲道。
「我同你係一樣。」Moon 柔聲道。
「我有嘅能力，你亦都有，甚至比我更高級。」他繼續道。
「人類為咗避免精神上嘅痛苦，會冇意識咁作出心理調整，例如

歪曲感覺、記憶、動作、思維，或者完全切斷某一類訊息，心理學將呢種潛意識自我防禦行為稱之為——心理防衛機制。」

「例如妻子唔相信丈夫突然意外身亡，認為係惡作劇。而你嘅心理防衛機制就係全盤否定自己擁有創造能力。」

「因為創造能力就好似潘朵拉盒子，一旦你用咗就會一發不可收拾咁懷疑身邊所有事物，然後懷疑華仔都係自己創造，但你心裡面絕對唔希望懷疑華仔。」

「因為呢個想法好容易觸發華仔已經死咗嘅事實。所以你潛意識咁封閉咗創造能力，但唔代表你冇呢個能力。」

Moon 收回主持人式的腔調，變回原來憂鬱磁性的聲線，一邊用潔白無瑕的手整理領呔，一邊緩緩地道：「其實我諗住你睇完《不存在的世界》之後就會發現真相，因為電影已經好明顯咁界咗提示。」

「首先係華仔嘅消失，然後係天空變暗，呢個就係你用念力創造塱濠商場，相應產生負能量嘅時候，所以順理成章就係我嘅出現。」

「跟住，就係死咗嘅華仔再次出現，伴隨而嚟嘅係 Sara，因為創造生靈需要注入感情，令到相應而生嘅 Sara 對你產生咗愛意……

SAVE >

強烈嘅愛意。」他的聲音是多麼的柔和、多麼的悦耳，但聽在我耳中彷彿是最刺耳、最傷人心的説話。

Moon 頓了一頓，擺出一副若有所思的表情，苦笑道：「或者你嘅焦點停留咗喺血腥畫面，所以先察覺唔到其他奇怪地方？」

「我承認係我嘅疏忽。」
「但係完全唔緊要，而家仲有機會畀你同華仔、同 Sara 永遠喺埋一起。」

Moon 整一整理衣服，磁性的聲音彷彿帶著魔力：「劇本嚟到終章，你面前將會有兩個結局。」

「第一個結局，就係你同 Jan 返去殘酷嘅現實世界。」
「第二個結局，就係你同華仔、Sara 永遠留喺塑濠商場，行人會再離開你。」

Moon 面上一直掛著平和又親切的笑容，沒有催促我作出抉擇。我心底雖然仍然悲痛，但漸漸安定了下來，亦開始明白狀況。

Moon 不急不徐地走上前來，兩隻冷冰冰的手輕輕捧著我的臉，道：「請選擇令您心動嘅女生，Jan，定係 Sara ？」

我一顆心慢慢沉了下去。

　　如果殺了 Jan，我便可以永遠跟華仔、Sara 在一起。如果殺了 Sara，我便可以和 Jan 離開這裡，但是我會失去華仔⋯⋯和 Sara。兩個選項擺在我眼前，但我作不出抉擇。

　　為甚麼？為甚麼我當初不理會華仔的反抗，執意要帶牠下樓？有人可以告訴我為甚麼嗎？

　　「點解冇兩全其美嘅辦法⋯⋯」我無力地問道。
　　「好多嘢都唔係由我控制。」Moon 淡淡地回答。
　　「咁我殺咗 Jan⋯⋯」我的話說到一半，忽然停了下來。

　　我臉色刷的白了，想不到自己竟然存在這個念頭！

　　「咁佢就真係會死。」Moon 不帶絲毫情感，淡淡地說。

　　他講完這句之後，我甩開了他的雙手，茫然若失地轉身離去，一步一步，踏著大大小小的瓦礫，慢慢走上瓦礫堆的頂部。

　　我陷入了深深的思慮之中，到底我是想離開，還是留下？如果不用犧牲任何東西，我想也不想便會答應留在這裡。

　　除了華仔不會離開我之外，又不用上班，又可以隨心所欲做任何事情。如果覺得悶了，我可以用念力造一些好玩的東西出來，Sara 亦會一直陪著我，每天都活在快樂之中，不會有任何煩惱。

SAVE >

簡直就如夢境般的生活。

但如果要我殺了 Jan 才可以永遠留在這裡⋯⋯我不敢想象。我完全做不到。

Jan 是我的初戀情人，多年來朝思暮想，你要我親手殺掉她？

不可能！！！

半晌之後，我踏上了瓦礫頂，茫然地望著她們。紅色光線之下，只見被鐵鏈纏著的 Sara 肩頭聳動，雖然極力壓制住自己，但依然發出低低的抽噎聲。

現在，我終於明白為甚麼 Sara 不肯告訴我真相。她這樣做純粹是為了保護我，不想我再次面對那殘酷的事實。傷心過度之下，我可能又會精神崩潰。雖然她是靈體，但是她真心待我，心中只為我一個人著想。

我身子微微顫抖了一下，低低叫了一聲：「Sara⋯⋯」

她一聽到我的話語，再也壓抑不住激動心情，立即放聲悲泣：「Blue⋯⋯對唔住⋯⋯我對 Jan 所做嘅任何嘢都係為咗你⋯⋯」

我隨即眼圈一紅，點著頭說：「我知道⋯⋯我知道⋯⋯」我

忍不住哽咽了起來。

「我知道華仔對你好重要⋯⋯我唔想你再次因為華仔嘅事傷心難過⋯⋯」

　　Sara 抽抽咽咽，又繼續道：「而且、而且我唔想你走⋯⋯我、我⋯⋯」

　　我閉起雙眼，萬千思緒如潮水般湧來。「嗯，我知道。」我平靜地道。

　　沉默了片刻後，我移開了目光，向右邊的國王椅看去。

　　Jan。她會在這裡，完全是因為我。

　　當時，天空如深墨般密不透風，雲端的深處，隆隆雷鳴隱隱傳來。然而，她也目睹了華仔的車禍。在我精神崩潰之際，她在我的身旁，悄然蹲了下來。輕輕的，溫柔將我擁在懷中。

　　彷如夢語般的聲音，低低地道：「喊出嚟會舒服啲⋯⋯」

「⋯⋯」
「唔使驚，我會喺度陪你⋯⋯」
「⋯⋯」

　　她慢慢的，似是對著自己的深心，輕輕的道：「五年前嗰杯水嘅溫度，我到而家仲記得。」

「我冇諗過可以喺度撞返你，我好開心，所以我一直跟住你，但又唔敢主動同你講嘢，直至……意外發生咗……」

「我知道自己唔會明白你有幾傷心……但我希望可以同你分擔一下……」

「或者……呢個就係個天界我見返你嘅原因……」她的聲音漸漸低了下去，到後來已經聽不見，我卻發覺，她又抱緊了我幾分。

「*轟隆！*」雷聲彷彿震裂了夜空，震碎了心魄！

　　我猛然推開了她。如一頭絕望的野獸般衝向塱濠商場！也就在同一時候，身後傳來 Jan 的驚恐呼喊！

「唔好呀！」

「哈哈哈哈哈哈哈哈哈哈哈！」我只是奮力地奔跑，在馬路中心獰笑，彷彿用瘋狂遮蓋痛楚，之後的事情，我已經不太清楚，只知道我衝進了塱濠商場，創造了只屬於我的「塱濠商場」。

　　然後，Jan 放不下我，因為擔心我，所以她也跟著進來了「塱

濠商場」。

　　此刻，眼前的這個人，身上的衣服有些破爛，黑色的秀髮也有些淩亂，雖然無親眼目睹，但我知道她和 Sara 拚了命。她沒有抬頭望我，一直把臉別開，不讓我看見她憔悴的樣子。

　　但是我看見了。我看見一直以來堅強好勝的高傲女子偷偷地落著淚。我的心在那一刻彷彿破開，心裡只有錐心痛楚。

　　當我猶豫不決的時候，Sara 突然失聲道：「呢個賤女人只會將你帶返去絕望嘅世界，再一次傷害你！」

　　倔強的 Jan 沒有任何回應，只默默地把頭壓得更低，隱隱傳來悲泣之聲。

　　我終於跪了在地下，放聲痛哭：「我做唔到！你哋兩個我都唔想傷害！夠喇！！！我兩個都唔會殺！！！」

　　我真的不能下手！你要我怎樣下手啊！！！

　　她們二人都真心待我，我怎忍心下手殺她們其中一個？就在這絕望一刻，鬼劍逐漸凝聚了一層詭異的黑氣。

　　我連驚呼都來不及，只見我握著鬼劍的右手，竟然浮現出蛛

網狀的黑色細微血管。

「佢只係一個 Bitch。」
「其只賜汝歿亡。」
「殺咗個死賤人!」
「殺之!支解之!磔之!坑佢!焚之!」
「唔得,仲要拔晒佢啲指甲!」

　　我再次聽到來自鬼劍的雜音,腦袋嗡的一聲大響,凶戾的氣息又開始在血液之中沸騰。

　　忽然,鬼劍傳來了一股洶湧巨力,瞬間衝破了我的全身經脈穴道。我身子搖晃了兩下,才重新站穩。

　　混亂的腦海,如今只剩下一個聲音:「殺—咗—Jan—個—賤—人—」

　　殺了 Jan。
　　殺了 Jan。
　　殺了 Jan。

　　一陣嚙血的狂熱,讓我的樣子變得猙獰。

　　我睜開雙眼,慢慢提起手中的鬼劍,把劍尖指向 Jan 的心臟

位置。

「哈哈哈哈哈哈哈……」我輕輕搖晃著腦袋，一邊怪笑著。

「唥啦唥啦！快啲殺咗佢！」Sara 破涕為笑，眼中精光閃爍不停。

　　Jan 慢慢抬起了頭，眼光迷離而淒美，輕輕一笑，笑容綻放在朦朧的淚容上。

「哇哈哈哈哈哈哈哈哈哈哈哈哈哈哈！」下一刻，鬼劍向前一遞，劍尖透胸而入。

　　她白色的胸口衣裳，很快滲出了一片殷紅，像一朵鮮豔的花兒。

　　然後，耳邊響起一聲電子振動聲。長長的，手機電量耗盡的聲音。我呆住了，整個人都呆住了。像是從噩夢中驚醒，腦海內的雜音如潮水般退去。

「筐瑯——」被黑氣裹著的鬼劍，掉落了在地上。

　　我怔怔地看著，眼前的 Jan。

　　我怔怔地看著，眼前的一具女屍。

SAVE >

　　身後，腳步聲踏上了瓦礫，Moon 的聲音緊接其後：「睇嚟你已經揀好咗你嘅心動女生！」

「Blue 揀咗我，我哋可以永遠留喺度喇！」Sara 笑顏逐開。

「咁實在太好喇！」Moon 回答道。

　　我的口張大了，彷彿想說甚麼，可是卻甚麼聲音都發不出。

　　我雙腿一軟，終於在 Jan 面前跪了下來，嘶聲痛哭。

「唔係！！！我根本唔想殺 Jan！！！」
「但係你將劍刺入 Jan 嘅心臟……」

「嗰個根本唔係我嚟！嗰把劍……係嗰把劍……」我的心像撕裂般痛，話說到一半，卻說不下去了。

「小藍，好好放低 Jan，然後同 Sara、華仔一直生活落去。」Moon 溫柔地說，腳步停了在我的背後。

「我唔會……」我顫聲道。
「嗯？」
「我唔會同你哋生活落去……」
「小藍……我知你需要啲時間……」

「既然 Jan 畀我親手殺咗⋯⋯」我頓了一下，突然提高聲調，斬釘截鐵道：「咁我都唔會再生存落去！」我拾起鬼劍，反手一轉，劍鋒便向自己脖子抹去。

「唔好呀！！！」Sara 激動地喊了出來。

　　劍鋒與脖子只差半吋，危急關頭，一個白色身影奪走了我的鬼劍，一劍刺入了 Moon 的心口！他對這一劍始料不及，踉踉蹌蹌的後退。連 Sara 都徹徹底底地愣住，默不作聲。

　　因為，眼前站著的那個白色身影，正正是 Jan！

　　我喜極而泣，緊緊將她擁入懷裡，就像一放手她便會消失。

「Jan！！！」我大喊道。
「我當然正（Jan），非常正點──」她道。

　　Moon 蒼白的手按著傷口位置，一臉不可思議的望著她，問道：「點、點解⋯⋯」

「你想聽邊個先？點解冇死到，定係條繩？」Jan 淡淡的問道，只見國王椅上有一條被切斷了的麻繩。

「陳海藍頭先入咗魔，根本無留意到我郁動咗身體，令佢刺穿我

SAVE >

心臟嘅同時切斷埋條繩。」她道。

「咁我就唔明白……點解你會冇死到……同埋點解你唔避開嗰一劍。」Moon 苦笑道。

「既然嗰個係佢嘅選擇，我心甘情願。」Jan 說這話的時候，身子顫抖了一下。

我立即鬆開了她，緊張道：「唔係！嗰個唔係我嘅選擇！」

隨後，胸中熱血泛起，我堅定了心志，大聲道：「我……我想同你一齊出去！」

此話一出，仍然坐在椅上的 Sara 變了臉色，顫聲問道：「Blue……你唔要華仔？你唔要我……？」

我看著她的樣子，心中委實不忍，但終究還是狠心道：「……對唔住。」

「哈哈哈哈哈哈哈哈哈哈哈哈哈哈！」忽然間，Moon 無法自控地狂笑了起來，沒有一絲半點儀態，更不理會自己身上仍插著一把劍。

「但好可惜，呢把劍嘅能量密度，連我一半都比唔上。」他不痛

不癢地把鬼劍從胸口拔出，再拋到我的腳下。

「鐺——」鬼劍已經變回一把生鏽的爛鐵劍，黯淡無色。

一個黑洞，被一個更加大的黑洞吸走了。完全出乎意料，我甚至不能作出反應⋯⋯

Moon 神色歉然地說：「呃你哋係我唔啱，我向你哋道歉！」

「我只係太想聽你哋嘅深情對話所以先扮受傷——」Moon 笑盈盈的說道，他身上的傷口以肉眼可見的速度修復完好，連一點疤痕都沒有留下。

「Jan，雖然我唔知道點解你冇死到，但係，我係唔會畀小藍離開呢度。」

「哼，死嗰型。」Jan 凝神戒備，盯著前方 Moon 的任何異動。「哦哦，怕我搶走你男人？」Moon 只淺淺一笑，但氣氛已跟之前截然不同。

氣氛，漸漸變得危險。

開戰的前夕，我目光在華仔身上逗留了片刻。牠懶洋洋地躺在廣場的一旁，注意到我的目光，搖了搖尾巴。

對不起，華仔。我已經決定要重新上路。從今以後就再沒有華仔了，但是，我會好好的過下去。

塱濠商場，不存在的塱濠商場，現在就來一個了斷吧！

我重新拾起了地上的爛鐵劍，對著 Moon 道：「我已經唔係一開始嘅陳海藍，我唔會再逃避，我要打低你離開呢度！」

「哦？畀我睇吓你嘅覺悟！」Moon 妖異一笑，慢慢走近了我。

我雙手舉高了劍，竭聲嘶吼：「啊啊啊啊啊啊啊啊啊！」

整個通天廣場，狂風大作，沙石奔走！密密集集、各式各樣的靈體，紛紛應邀我的召喚而出現在這裡，或前或後，或近或遠，將我們所有人層層包圍住。

青面鬼、牛頭鬼、無頭鬼、僵屍鬼、單眼鬼、吊頸鬼、長手鬼、雪女鬼、山神鬼、饕餮鬼、花子鬼、紅衣鬼、骨傘鬼、畫皮鬼、貓鬼、裂口女鬼、無腳鬼、無臉鬼、狐仙鬼、魔鬼……

儼如，熱鬧的塱濠商場！

下一刻，四方八面的靈體化成一縷又一縷的靈魂，以我作中心急速旋轉，整個廣場就像一個攪拌中的棉花糖機，成千上萬的

靈體最後集中在我的頭上方，以極快的速度捲入劍裡。

鬼劍吸收了數量足以遮空蔽日的靈體，竟然激動地微微震動起來！

疾衝！我握著鬼劍對準了他的心臟，衝了過去！

那劍身黑氣騰騰，狂怒不可抑止，轉眼間就衝到 Moon 的面前。然而，蘊含著巨大能量的鬼劍大幅顫抖，勢在必得的一劍偏離了方向，刺向了空氣！

間不容髮之間，我看見 Moon 將他的身體微微左移，將心臟對準了我的劍尖。

「嚓——」鬼劍轟然貫穿了他的心臟。

劍身劇烈震動，出現一個極端黑暗的旋渦。沒有任何鮮血溢出，卻比任何血腥場面更加驚嚇。Moon 臉上盡失血色，向後倒去，心口組織慢慢捲進鬼劍旋渦裡面。

「點、點解……」我嚇得全身顫抖，跪在他的身旁。

Moon 安祥地笑著，但我卻無法擠出一點微笑給他。

SAVE ▷

「小……藍……」Moon 向我伸出顫抖的手，我緊緊握住了他的手掌，但那掌心傳來的只有冰冷之意。

　　我哭喊著，震撼大地的哭喊著。「Moon……嗚嗚……點解你要成全我……點解你要咁傻去……嗚嗚……」我彷彿在這一刻哭盡了一生的淚水。淚珠一滴一滴地落在他的身上，沾濕了他為第一次做主持人而準備的漂亮恤衫。

「我睇得出你真係做好準備……」Moon 滿足微笑道。

「嗚嗚……」

「做好重新振作嘅準備……」

「你同我一齊出去啦！出面嘅世界有好多……」我激動地說，但說到一半便被他打斷。

「你已經唔需要我哋啦……」他眼中閃過一絲失落的神情，隨即又笑著說：「鼓起勇氣，我永遠支持你……」

「而且有啲事需要你自己一個人去面對……」Moon 將當日在 P 院洗手間所說的話，重新說了一遍安慰我。

　　但明明現在要死的是你啊！當日我創造出你們，現在我卻拋棄你們！我這種人，你為甚麼還要對我這麼好！

「我會變得勇敢……保護自己同埋身邊嘅人！」我用力地握緊他

的手，痛哭道。

「好⋯⋯咁就好啦⋯⋯係呢⋯⋯我幫你寫嘅劇本⋯⋯全名叫《**幫助小藍脫離悲痛之旅**》⋯⋯你覺得改得好唔好⋯⋯？」Moon 氣若游絲地説。

「改得好！改得好好！」我如搗蒜的點著頭。
「希望你以後都幸福⋯⋯」他的聲音愈來愈小，掙扎著説：「同 Jan 好好咁生活落去⋯⋯」

「好、好⋯⋯」我已經泣不成聲。

　　他聽到之後，淡淡一笑，然後便滿足地閉上眼睛。握在我手中的那隻手掌，也瞬間垂了下去。

「Moon！Moon！Moon！」Moon 的臉上帶著一絲滿足微笑的表情，已經沒有回話。

　　我不能壓抑地大哭，他的身體漸漸捲進了鬼劍裡面，很快他的身體便完全消失。

「Moon！來生再見！」我號咷大哭。

　　虛構的華仔，亦化成一縷白煙被鬼劍完全吸收，成為了我勇

SAVE >

氣的一部份。謝謝你，虛構的華仔。雖然只是短短幾日，但我已經很開心，感謝你陪伴了我。

突然間，一小片混凝土掉落在我的肩頭上。我怔了一下，往上一望，發現通天廣場的天花出現了一道巨大裂縫，由正中間迅速向外延伸。然後聚焦燈開始搖晃，射燈光線閃爍不定。

熱鬧的塑豪商場，終於要落幕。

「唔好唔要 Sara⋯⋯」Sara 哽咽道。

「Sara⋯⋯對唔住⋯⋯我要走啦⋯⋯」

「帶埋我走！帶埋我走！帶埋我走！」Sara 歇斯底里地大叫，淚流滿面。

咔嚓咔嚓咔嚓咔嚓咔嚓咔嚓。

駭人的鎖鏈衝擊聲音。

「帶我走！」

　　儘管 Sara 瘋了似的掙扎，但完全掙脫不開鐵鏈的拘束。我看著她這個模樣，連心頭都痛了。

「Sara……你唔好咁樣……」
「你走咗我就一無所有……求下你唔好走……」Sara 貝齒緊咬，以哀求的目光看著我。

　　我都很想留在這裡，但我不屬於這裡，我要回去現實世界。

「唔得！」我咬牙切齒地說。

　　Sara 保持著被拘束的姿勢，狠狠地望住 Jan 道：「點解你要跟呢個賤人走！你唔想救返華仔咩！」

「冇錯！冇咗華仔我係好傷心，但呢度嘅華仔根本就唔係華仔！你哋全部都係我用念力創造出嚟，根本就唔存在！」

「所有嘢都係虛幻，就好似發咗個夢咁！」我不留餘地咁否定一切，斷絕跟 Sara 的一切聯繫。

　　這個時候，整座商場都在劇震，大塊大塊的石塊從頭頂掉落下來，我隨即被 Jan 一把拉開。

「轟隆——」一聲巨響，萬斤巨石砸在眼前，將 Sara 整整活埋。

SAVE >

　　塵土飛揚，空氣停止了流動。

「我叫 Sara 呀，原來佢個名係華仔呀？」少女説。

「我唔會畀你做埋啲咁危險嘅事，要走就一齊走！」少女説。

「我唔走。」少女説。

「其實你覺得 Jan 點？」少女説。

「你有冇女朋友？」少女説。

「走、走……」少女説。

「我咁做係為你好……你相信我……」少女説。

「因為你係我心入面嘅唯一。」少女説。

「Blue……對唔住……我對 Jan 所做嘅任何嘢都係為咗你……」
少女説。

　　Sara 從視線上徹底消失，數日來的歡樂時光，隨著落石的聲
音，深埋在塵土裡面。

再見了，Sara。

我忍著淚水，立即轉身牽上 Jan 的手衝下大堂，只聽見後方不斷傳來石頭砸地的巨響，我不敢向後望，拼命地向前跑。

離開的時候，絕對不可以回頭！

劇烈的震動幾乎讓人無法站穩，我和 Jan 在黑暗之中跌跌撞撞，終於成功下到大堂，走到了 H&N 的門口。

H&N 的門口，透進刺眼強光，幾乎觸手可及。

來自現實世界的光！通往現實世界的道路！

我打開了門，半身跨了出去，然後轉身向 Jan 伸出了手。

「我哋一齊出去啦！」我興奮地說。

與此同時，H&N 天花出現大大小小的裂痕，牆灰如皓雪紛飛般落下。

Jan 默默地站在門後方，淒然一笑。

「Jan……？」我的心沉了下去。

SAVE ▷

「陳海藍……你自己出去啦。」她微笑道。

「你……你講緊咩？」我顫抖道。

「其實……我頭先已經死咗。」Jan 取出了她的 Motorora Razor Maxx，向我展示著。「……我已經變咗做靈體。」

　　我立即奪走了她手上的手機，大失所措般按下開機掣。

「唔會㗎……唔會㗎……冇可能㗎……你、你——你呃我！！！」只見她的手機屏幕黑掉，完全沒有反應。

　　她貝齒咬著唇，眼中淚光閃動，又說：「而且我頭先拎住把劍，大部分能量都俾佢吸走咗。」

　　她的身體開始出現異樣，一時呈半透明狀，一時呈實體狀。

「唔、唔、唔好……」

「返到去之後，要好好咁生活落去！」Jan 輕輕的笑了一下，淚水終於還是流了出來，而她的聲音也已經哽咽。

「我諗呢個就係我見返你嘅意義……」她把臉靠近，軟綿綿的嘴唇輕輕印了上來，奪去了我的初吻。

「掰掰！」然後她用力一推，一股力量將我瞬間推出門外。

天地間，忽然安靜下來。只有一個聲音，撕心裂肺地吼叫著：「唔好呀……！！！！！」

我回到現實世界，倒了在地上。

時間依然是深夜，地點依然是 H&N 門口對出的地面。只不過，面前的馬路多了一具染血的金毛尋回犬屍體。停泊在附近的警車閃著警示燈，把刺眼的光照射到我的臉上。

地上，多了一部不屬於我的 Motorora Razor Maxx。

一名警員慢慢走了過來，問道：「先生，隻狗係咪你嘅？」

「……」
「先生？」
「……」
「先生！你冇事吖嘛先生？！你聽唔聽到我講嘢？」
「……」
「PC Calling 總台，有人暈低咗，請盡快派救護車到場，Over。」

SAVE >

＜三個月後＞

嗯，我回到現實世界了，但是，生活跟之前一樣枯燥無味。每天上學、放學、吃飯、睡覺，有時會跟朋友出街 HEA。失去了華仔的我，也一併失去了每晚帶牠散步的指定動作。

雖然我有時想起華仔，仍會感到很失落，不過我已經戰勝了傷痛，努力地過日子。因為 Jan 成為了我活下去的支柱。

我每日起床第一件做的事情，不是刷牙，不是洗臉，而是去看 Jan 的手機有沒有開機。

三個月以來，無論是讀書時間、遊玩時間、無聊時間，我都會隨身帶著她的手機。就算是游水，我都會將手機放入幾層防水袋，帶在身上。

我的朋友經常恥笑我，説我整天都帶著一部壞手機，顏面無存，但是我真的很怕手機一旦開了，我會察覺不到。

這三個月以來，我用盡了各種方法令 Jan 遺留下來的 Motorora Razor Maxx 重新開啟。

我嘗試過市面上所有電池，就連鴨寮街的二手電池、淘寶的爆炸電池也用過，希望會出現奇蹟。但無論我用甚麼電池都好，

她的手機始終不能打開。

我亦有試過拿去維修，但保養中心、街邊檔攤和手機維修店都異口齊聲地嘖嘖稱奇，說那部手機完好無壞，但不知怎麼就是開不到。

我本來打算明天就去找道士這類專業人士，至少可以跟他們說塱濠商場的事，對症下藥。

只是班上忽然有一個女生跟我表白，她長得很好看，細眉雪膚，有雙明亮的大眼睛。奇怪的是，我之前從來沒有見過她。只是我對她完全沒有感覺，於是便不好意思地拒絕了她。

「我明白㗎，但係我有一個小小嘅請求，你滿足完我之後，我以後唔會再煩你！」她雙手合十地請求說。

「咁⋯⋯你有咩請求？」我問道。
「我想你同我去塱濠商場睇戲。」

一聽見「塱濠商場」這四個字，我腦海即時想起一幕幕恐怖回憶。其實這三個月以來我都沒有再去過塱濠商場，崩口人忌崩口碗嘛⋯⋯

「一定要塱濠商場⋯⋯？」我吶吶問道。

SAVE >

「係！你應承咗我，我就心滿意足！」她以哀求的目光看著我。

「咁……咁……咁好啦。」
「好嘢！咁我哋放學見啦，嘻嘻。」她登時喜笑顏開，如鮮花綻放，然後便轉身離去。

她走了幾步之後，忽然停住了腳步，回頭又說：「唔準失約㗎！我哋喺味干拉麵門口等！」

我心緊緊一揪。

塱濠商場的味干拉麵已經倒閉很久了。到底是無心之失，還是……？

「同埋畀你部手機我吖，Save 我個號碼畀你。」她又說。

「哦……好呀……」我把自己的 Sorry Xperica S 遞了給她，她飛快地輸入了自己的號碼、名字，最後按下儲存後遞回給我。

我打開通訊錄一看，整個人都呆住了。

「Sara」

然後，我感覺到——

装著 Jan 手機的左邊褲袋——

傳來了一下長震動。

日記結束時間：2013 年 11 月 22 日　星期五　23:44

《熱鬧的塱濠商場》
全書完

熱鬧的
BUSTLING LONG HO MALL
朗豪商場

電量不足

你裝置的電池電量還剩 15%
請將裝置連接至充電器

關閉

故事看完了嗎？那接下來便要聽我說話了哦。

甚麼？你說你不想聽？

你先看看我手上拿著甚麼吧——那是很鋒利的生果刀哦。

嗯，真是個乖孩子，我先說說這個故事的靈感來源吧。

其實我跟故事主角一樣都是住在鬧市，家裡也養了一隻狗，平常也是半夜凌晨才帶牠下樓散步，所以故事的開頭其實就是我自己的寫照。

看完整個故事之後，不難發現我被電子遊戲影響得很深。例如劇情中的解謎成分跟《生化危機》很類近，同樣要收集物件、通過字句獲得線索等等。普遍電子遊戲亦慣常地將「生命力」數值化，有些會用百分比，有些會用心形數量，而我這部作品則用了手機電量來表示生命力。因為現今社會每人身上都會有手機，而且黑暗的環境需要手機電筒作照明，既然手機的曝光度這麼高，設定電量為生命值的話也方便交代。

靈感來源大概是這樣，怎麼了？繩子綁得你太緊了？好吧，看你這麼聽話，我給你稍微鬆綁吧。

我現在再說說這部作品的創作經過。

　　老實説，2013 年寫這部作品時，我非常的輕鬆。因為當年算是第一次在網上寫作，毫不在意行文是否流暢，也不理會修辭是否貼切，基本上是將多年來的 FF 彙集在一起，可以説是興之所至，一揮而就。

　　可是現在，當我要把故事修訂成書，整件事情立即由「Easy Mode」變成「Nightmare Mode」。再回望當年寫的東西，發現很多地方都牛頭不對馬嘴，表情形容生硬，心理描寫不貼切，不時還夾雜一堆破壞氣氛的廢話……

　　所以，我差不多是把故事從頭到尾改寫一遍（絕大部分劇情保留不變），整個過程用了兩個月，而且在修訂這個故事之前我才剛好寫完一個十多萬字的網故，大腦像是要被搾乾搾淨。

　　咦，放在桌子上的叉子怎麼不見了？算了，先放著不管。

　　我想特別感謝一個人，他是我中學時期的中文科老師，雖然只教了我短短半年，很有可能連我的名字都忘了，但是，當其他中文老師把我作文功課中的故事當作是垃圾時，只有他衷心覺得我寫得好，還追問我平日有沒有寫小説。他讓我萌生出在網上連載小説的念頭，沒有他，就沒有《熱鬧的朗豪坊商場》。

　　另外還要感謝台灣藝術家 Chou Yi 為故事繪畫了這麼高質的插圖（不存在的世界海報），感謝我的朋友志明、Vicky 通宵幫忙

製作閉路電視片段，以及感謝編輯 Mia 和 Cherry 替這部作品去蕪存菁，我對他們的感激，實在有如滔滔江水，連綿不絕。

最後的最後，我要感謝你，看完這本書的你。

不管你是新讀者還是舊讀者，你的支持就是我繼續寫作的動力，我希望在將來能寫出更好的作品，期待在下個故事跟你再見！

咦……？怎麼你手上拿著叉子的！？等、等等！不……不要啊！！啊！我的眼睛啊！！！！！！

　　三年過去，《熱鬧的塱濠商場》要加印第四版了，這是我第一本出版的小說，也是我第一本達成這里程碑的小說，我真的很高興，本來也有很多話想說，甚至想過把後記推倒重寫，但又想想，無論是《熱鬧的塱濠商場》這個故事，還是這個尷尬癌發作的後記，其實都紀錄了當時最真實的自己，年少無知的自己覺得全世界都是繞著自己轉（在高登連載這故事那時是中六），第一次出版小說難掩得住的雀躍心情，通通都透過文字反映了出來，所以，就算朗豪坊裡的味千拉麵和 Baby Cafe 早就沒了，我還是保留住，就算寫的東西再令人難為情，我都選擇不去破壞那些美好時光所留下的珍貴回憶。

（特別紀念第四版加印）

點子網上書店

www.ideapublication.com

含忍・死人・
的士佬

壹獄壹世界

援交妹自白

殘忍的偷戀

殘忍的雙戀

成為外星少女
的導遊

成為作家其實唔難

港L完

信姐急救

西諺極落

公屋仔

十八歲留學日記

西營盤

毒舌的藝術

新聞女郎

黑色社會

香港人自作業

精神病人空白日記

婚姻介紹所

賺錢買維他奶

獨居的我，最近
發現家裡還有別人

五個小孩的校長
電影小說

點五步 電影小說

有得揀你揀唔揀

This is Lilian

This is Lilian too

This is Lilian, Free

空少儢乜易

爆炸頭的世界

設計 Secret

●《天黑莫回頭》系列

獨家優惠　限量套裝
簡易步驟　24小時營業

●《診所低能奇觀》系列

當世四大天王：
黎郭劉張（上）

●《詭異日常事件》系列

圖書館借來的　　　銀行小妹
魔法書　　　　　甩轆日記

●《倫敦金》系列

HiHi喇好地地　　我的你的紅的
一個人點知……

●《Deep Web File》系列

向西聞記　　　　無眠書

●《絕》系列

殺戮天國　　　遺憾修正萬事屋

熱鬧的
朗豪商場
BUSTLING LONG HO MALL

作者　　　　陳海藍

責任編輯　　陳婉婷
助理編輯　　陳珈悠

美術設計　　郭海敏
製作　　　　點子出版

出版　　　　點子出版
地址　　　　荃灣海盛路 11 號 One MidTown 13 樓 20 室
查詢　　　　info@idea-publication.com

印刷　　　　海洋印務有限公司
地址　　　　黃竹坑道 40 號貴寶工業大廈 7 樓 A 室
查詢　　　　2819 5112

發行　　　　泛華發行代理有限公司
地址　　　　將軍澳工業邨駿昌街 7 號 2 樓
查詢　　　　gccd@singtaonewscorp.com

出版日期　　2023 年 10 月 10 日（第六版）
國際書碼　　978-988-78489-7-4
定價　　　　$88

─────Printed in Hong Kong─────

點子出版
IDEA PUBLICATION

熱鬧的

BUSTLING LONG HO MALL

朗豪商場